Le Maître du Jugement dernier

Exact contemporain de Franz Kafka, né à Prague en 1882, Leo Perutz est un écrivain majeur du XXe siècle européen. Après des études de littérature et de mathématiques, il écrit un traité de bridge fondé sur le calcul des probabilités, et entre dans la compagnie d'assurances où Kafka travaillait à la même période. À partir de 1915, il publie une douzaine de romans avec un succès grandissant. En 1938, suite à l'annexion de l'Autriche et à l'interdiction de *la Neige de saint Pierre* par les nazis, il s'exile à Tel-Aviv où il n'écrira plus jusqu'en 1953, date à laquelle paraît son dernier roman, *la Nuit sous le pont de pierre*. Leo Perutz meurt en 1957 en Autriche, près de Salzbourg.

Ce « Kafka aventureux », selon les mots de Borges qui l'admirait, reste aujourd'hui à redécouvrir et à célébrer, tant pour *la Troisième Balle,* son premier roman, que pour *la Neige de saint Pierre* (1933) ou *le Maître du Jugement dernier* (1923).

LEO PERUTZ

LE MAÎTRE DU JUGEMENT DERNIER

Roman traduit de l'allemand
par Jean-Claude Capèle

ZULMA
18, rue du Dragon
Paris VIe

Titre original : *Der Meister des Jüngsten Tages.*

Couverture : David Pearson.

Si vous désirez en savoir davantage
sur Zulma ou sur *le Maître du Jugement dernier*
n'hésitez pas à nous écrire
ou à consulter notre site.
www.zulma.fr

Z

I
PRÉFACE EN GUISE DE POSTFACE

Mon travail est terminé. Je viens de relater les événements de l'automne 1909 – cette suite d'incidents tragiques auxquels j'ai été mêlé de façon si étrange. J'ai écrit toute la vérité sans rien omettre ni rien passer sous silence – pourquoi l'aurais-je fait, d'ailleurs ? Je n'ai aucune raison de cacher quoi que ce soit.

En écrivant, j'ai constaté que ma mémoire a conservé distinctement et dans toute leur vivacité une infinité de détails dont certains étaient des choses assez insignifiantes – des conversations, des idées subites, de petits incidents journaliers –, mais que s'est formée dans mon esprit une vision tout à fait erronée quant à la durée de la période durant laquelle tous ces événements se sont produits. Aujourd'hui encore, j'ai l'impression que plusieurs semaines se sont écoulées. C'est faux. Je me rappelle exactement la date du jour où le docteur Gorski m'a emmené à la villa Bischoff : c'est le 26 septembre 1909, un dimanche. Je revois devant moi tout le panorama de cette journée : j'avais trouvé une lettre en provenance de Norvège au courrier du matin et tenté de déchiffrer le cachet de la poste en pensant à l'étudiante qui avait été ma voisine de table pendant la traversée du fjord de Stavanger. Elle m'avait en effet promis de m'écrire. J'ouvris la lettre, mais elle ne contenait que la brochure d'un hôtel de sports d'hiver du glacier de Hardanger. Déception.

Plus tard, je me rendis à mon club d'escrime. En

chemin, je fus surpris par une averse, dans la rue Floriani. Je me mis à l'abri sous un porche et découvris un vieux jardin à l'abandon orné d'une fontaine baroque en pierre. Une vieille me demanda si une femme de ménage du nom de Kreutzer n'habitait pas dans cette maison. Je m'en souviens comme si c'était hier. La pluie s'arrêta enfin, et le beau temps revint. Le 26 septembre 1909 m'est resté en mémoire comme une journée sans nuages, agitée seulement par un vent chaud.

À midi, je déjeunai avec deux camarades de régiment à la terrasse d'un restaurant. Je ne lus les journaux du matin qu'après le repas. Ils contenaient des articles sur la question des Balkans et sur la politique des Jeunes-Turcs – je m'étonne de me rappeler encore tous ces détails. L'un des éditoriaux commentait le voyage du roi d'Angleterre et un autre analysait les projets du sultan turc. « L'attentisme d'Abdul Hamid », tel était le titre en caractères gras de l'un de ces articles. Les chroniques du jour apportaient des détails sur la vie de Chefket Pacha et de Niazi Bey – mais qui se souvient encore aujourd'hui de ces noms ? Il y avait eu un incendie à la gare du Nord-Ouest ; les journaux parlaient de « la destruction d'énormes réserves de bois ». Une association universitaire annonçait la représentation du *Danton* de Büchner ; à l'opéra, on donnait *le Crépuscule des dieux*, avec, dans le rôle de Hagen, un artiste invité de Breslau. À la galerie Kunstschau, on exposait des toiles de Jan Toorop et de Lovis Corinth, et toute la ville y courait pour les admirer. Quelque part – à Saint-Pétersbourg, je crois –, il y avait des grèves et de l'effervescence dans les milieux ouvriers ; à Salzbourg, une église avait été cambriolée, et on parlait d'incidents survenus à la Consulta, à Rome. Je découvris également un entrefilet en tout petits caractères sur la faillite de la banque Bergstein. Cette nouvelle ne me surprit pas le moins du monde ; je l'avais vue venir et avais retiré à temps les fonds que j'avais déposés dans cet établissement. Mais cela me fit penser à un ami, le comédien Eugen Bischoff, qui avait lui aussi confié sa fortune à cet établissement. Une pensée me traversa l'esprit : j'aurais dû le mettre en garde. Mais est-ce qu'il m'aurait cru ? Il a toujours considéré que j'étais mal informé. À quoi bon se mêler des affaires des autres ? Et en même temps, je me souvins d'une conversation que j'avais eue quelques jours plus tôt avec le directeur du Hoftheater. Nous en étions venus à parler d'Eugen Bischoff. « C'est un homme qui est en train de vieillir, malheureusement, et je ne peux rien pour lui », m'avait confié le directeur en ajoutant quelques remarques sur les jeunes désireux de prendre la relève. Si j'avais bien interprété ses propos, les chances étaient minces pour Eugen Bischoff de se voir renouveler son contrat. Et voilà qu'en plus, Bergstein et Cie faisait faillite.

Ma mémoire a conservé une image si précise du 26 septembre 1909 que je me souviens de tout cela. C'est pourquoi je comprends d'autant moins que j'aie pu situer vers la mi-octobre cette journée au cours de laquelle nous nous sommes rendus à trois dans la maison de la rue de la Bastide-des-Dominicains. Les feuilles de marronniers jaunies qui jonchaient les allées de gravier dans le jardin, les raisins mûrs que l'on vendait au coin des rues et les premières gelées d'automne, tout cet ensemble de souvenirs restés inconscients et qui me semblent liés à cette journée sans que je sache bien pourquoi m'ont peut-être abusé. C'est bien possible. En réalité, c'est le 30 septembre qu'eut lieu le dénouement : je suis arrivé à cette conclusion à l'aide des notes que j'ai prises à cette époque.

Ce cauchemar tragique s'est déroulé entre le 26 et le 30 septembre : il n'a donc pas duré plus de cinq jours. La chasse fantastique, la poursuite d'un ennemi invisible qui n'était pas de chair et de sang mais un spectre terrifiant, un revenant de siècles passés, a donc duré cinq jours. Nous trouvâmes une trace de sang et nous la suivîmes. Le porche des temps s'ouvrit silencieusement. Aucun d'entre nous ne savait où ce chemin nous conduirait, et il me semble aujourd'hui que nous avons avancé à tâtons, pas à pas, dans un long couloir obscur au bout duquel nous attendait un monstre qui brandissait un gourdin… Le gourdin s'abattit, deux fois, trois fois, et la dernière fois, c'est moi qu'il frappa, et j'aurais été perdu, j'aurais partagé le terrible destin d'Eugen Bischoff et de Solgrub si un geste rapide ne m'avait arraché à la mort au dernier moment.

Combien de victimes ce monstre sanguinaire a-t-il trouvées sur son chemin à travers les ronces des siècles, au cours de son périple dans le temps et les pays ? À présent, je pose un regard différent sur bien des destinées du passé. Entre-temps, j'ai découvert une signature à moitié effacée sur la page de garde du livre, entre les noms des anciens propriétaires. L'ai-je bien déchiffrée ? Est-ce que Heinrich von Kleist lui aussi… Non, il est fou de vouloir percer ce secret et d'invoquer les grands noms du passé. Leur image se perd dans des nuées de brume. Le passé reste muet. Aucune réponse ne sortira jamais de l'obscurité.

Et tout cela n'est pas terminé, non, ce n'est toujours pas terminé. Les visions remontent de leurs profondeurs et m'assaillent, au milieu de la nuit comme en plein jour, même si elles ne sont plus que des chimères pâlies et imprécises, Dieu soit loué. Ce nerf qui parcourt mon cerveau s'est assoupi, mais son sommeil n'est pas encore assez profond. Et parfois, une angoisse soudaine m'étreint, me pousse vers la fenêtre, et j'ai l'impression de voir passer là-haut, dans le ciel, les vagues gigantesques de cette terrifiante lumière, et je ne parviens pas à comprendre que c'est le soleil qui se trouve au-dessus de ma tête, enveloppé dans une brume argentée, entouré de nuages pourpres ou perdu dans l'immensité bleue du ciel, et tout autour de moi, où que se porte mon regard, j'aperçois les couleurs ancestrales et éternelles de ce monde. Jamais plus, depuis ce jour-là, je n'ai revu l'horrible rouge strident comme le son retentissant de trompettes. Mais les ombres sont là, elles reviennent sans cesse, m'encerclent, tentent de s'emparer de moi. Disparaîtront-elles jamais de ma vie ?

Peut-être, âme tourmentée ! Peut-être me suis-je libéré à jamais de toutes les choses qui m'oppressent en les écrivant. Mon histoire se trouve derrière moi – une liasse de feuilles volantes – et j'ai fait une croix dessus. Qu'ai-je encore à voir avec elle ? Je l'écarte de mon chemin, un peu comme si c'était un autre qui l'avait vécue ou imaginée, un autre qui l'avait écrite, et pas moi.

Mais il est une autre raison qui m'a poussé à noter tout ce que je désirais oublier sans le pouvoir.

Peu de temps avant sa mort, Solgrub a détruit un parchemin. Il a accompli ce geste pour éviter que d'autres ne soient victimes à l'avenir de cette effroyable erreur. Mais est-il vraiment certain que ce parchemin ait été l'unique exemplaire existant ? Ne peut-on imaginer qu'un autre récit de l'organiste florentin ne sommeille dans un recoin oublié du monde – jauni, couvert de poussière, moisi, rongé par les rats, sous le bric-à-brac d'un brocanteur ou caché derrière les in-folio d'une vieille bibliothèque, ou entre des tapis, des kandjars et des couvertures du Coran, sur le sol d'un bazar d'Erzincan, de Diyarbakir ou de Jaipur, qu'il repose là-bas, à l'affût, prêt à ressusciter, avide de nouvelles victimes ?

Nous sommes tous des créatures ratées, des échecs de la grande volonté du Créateur. Nous portons en nous sans le savoir un ennemi formidable. Il ne bouge pas, il dort, il a l'air mort. Gare s'il se réveille ! Pourvu qu'un humain ne revoie jamais plus ce rouge strident que j'ai vu ! Oui, Dieu me vienne en aide, je l'ai vu.

Et c'est pour cette raison que j'ai écrit mon histoire. Telle qu'elle se trouve devant moi à présent – une liasse de feuillets rédigés –, elle n'a pas de véritable début, je le sais bien.

Comment les choses ont-elles commencé ? J'étais assis à mon bureau, chez moi, la pipe entre les dents, et je feuilletais un livre. C'est alors que le docteur Gorski arriva.

Docteur Eduard, chevalier de Gorski. De son vivant, il n'était guère connu en dehors d'un milieu spécialisé relativement restreint. C'est sa mort qui lui apporta une gloire mondiale. Il a succombé en Bosnie à une maladie infectieuse qui était l'objet de ses recherches scientifiques.

Je le vois encore aujourd'hui devant moi : il avait quelque chose de contrefait, était mal rasé et vêtu de façon très négligée, la cravate de travers. Il se pinçait le nez avec l'index et le pouce.

« Encore votre maudite pipe, maugréa-t-il en arrivant. Ne pouvez-vous donc pas vivre sans elle ? Cette fumée abominable ! On la sent jusque dans la rue.

— C'est l'odeur des gares étrangères. Je l'aime bien, répondis-je en me levant pour le saluer.

— Que le diable l'emporte ! grogna-t-il. Où est votre violon ? Vous allez jouer chez Eugen Bischoff. On m'a chargé de vous y emmener. »

Je le dévisageai, l'air surpris.

« N'avez-vous pas lu le journal, aujourd'hui ? lui demandai-je alors.

— Ah ! Vous êtes déjà au courant, s'écria-t-il. Le monde entier, semble-t-il, le sait, seul Eugen Bischoff ne se doute de rien. C'est une sale affaire. Je crois qu'on veut la lui cacher. En plus, il est en conflit avec la direction du théâtre, et tant que cela ne sera pas réglé, il vaut mieux qu'il n'en sache rien. Vraiment, vous auriez dû voir la façon dont Dina le protège comme un ange gardien. Allons, venez avec moi, baron ! Il me semble qu'elle appréciera aujourd'hui n'importe quelle forme de distraction et de divertissement. »

J'éprouvais un désir ardent de voir Dina. Mais je restai très prudent et fis mine d'être indécis, de vouloir réfléchir encore.

« Un peu de musique de chambre, insista le docteur Gorski. Mon violoncelle est en bas, dans la voiture. Nous pourrions peut-être jouer un trio avec piano de Brahms, si cela vous convient. »

Et ce disant, comme pour éveiller mon intérêt, il se mit à siffler doucement les premières mesures du scherzo en si majeur.

II

La pièce dans laquelle nous jouions se trouvait au rez-de-chaussée de la villa, et ses fenêtres donnaient sur le jardin. Quand je levais les yeux de ma partition, j'apercevais les portes peintes en vert du pavillon où Eugen Bischoff avait l'habitude de se retirer chaque fois qu'on lui envoyait un nouveau rôle. C'est là qu'il le travaillait et l'apprenait. Certains jours, il disparaissait pendant des heures, et ensuite, tard le soir, on voyait surgir derrière les fenêtres éclairées sa silhouette qui accomplissait les gestes et les mouvements que lui imposait son rôle.

Les allées du jardin étaient baignées par la lumière crue du soleil. Le jardinier de la villa, un vieil homme sourd, était accroupi entre les plates-bandes de fuchsias et de dahlias, sur la pelouse, et coupait l'herbe en balançant son bras droit avec une régularité si monotone qu'elle me fatiguait la vue. Des enfants jouaient bruyamment dans le jardin voisin : ils faisaient naviguer des bateaux à voile et voler des cerfs-volants, et une vieille dame était assise sur un banc, profitant du soleil de l'après-midi, et puisait dans un sac en papier des miettes de pain qu'elle lançait aux moineaux. Dans le lointain, sur un chemin qui passait à travers champs, on voyait des promeneurs et des randonneurs du dimanche armés d'ombrelles et poussant des landaus se diriger lentement vers la forêt.

Nous avions commencé à jouer vers quatre heures de l'après-midi et avions déjà exécuté deux sonates pour piano et violon de Beethoven et un trio de Schubert. Après le thé, ce fut enfin le tour du trio en si majeur. J'aime ce morceau, surtout le premier mouvement marqué par une sorte de jubilation empreinte de solennité. C'est pourquoi je conçus une grande irritation lorsqu'on frappa à la porte alors que nous venions à peine de commencer. De sa voix sonore, Eugen Bischoff lança un « Entrez » tonitruant, et un jeune homme dont le visage me sembla immédiatement familier – sans que je sache bien où et dans quelles circonstances je l'avais déjà rencontré – se glissa dans la pièce. Il ferma la porte derrière lui, non sans faire de bruit, bien qu'il se fût manifestement donné beaucoup de mal pour ne pas nous déranger. Il était grand et très blond ; il avait de larges épaules et une tête presque carrée. Il me déplut dès le début – je trouvais qu'il ressemblait vaguement à un cachalot.

Dina leva furtivement les yeux de son piano lorsque l'hôte tardif entra. À ma grande joie, elle se contenta de le saluer d'un léger hochement de tête sans cesser de jouer, tandis que son époux se levait sans bruit du sofa pour accueillir l'inconnu. Par-dessus ma partition, je les vis tous deux se parler à voix basse, puis le cachalot fit un signe de tête imperceptible et interrogateur dans ma direction – « Qui est-ce ? Que fait-il ici ? » –, et j'en tirai la conclusion qu'il devait s'agir d'un ami très intime de la maison puisqu'il pouvait se permettre une telle grossièreté.

Lorsque nous eûmes achevé de jouer le premier mouvement du trio, Eugen Bischoff me présenta l'étranger :

« Waldemar Solgrub, ingénieur ; c'est un collègue de mon beau-frère. Et voici le baron von Yosch, qui a eu la gentillesse de remplacer Félix au pied levé. »

Félix, le frère cadet de Dina, entendit qu'on parlait de lui et brandit sa main gauche entourée d'un bandage blanc. Il s'était brûlé dans un laboratoire, ce qui l'empêchait de jouer du violon. Cependant, pour se rendre utile, il tournait les pages des partitions.

Le docteur Gorski apparut alors derrière son violoncelle – gnome au sourire affable –, mais l'ingénieur prit à peine le temps de lui serrer la main et se retrouva en un instant auprès de Dina Bischoff. Et tandis qu'il lui baisait la main – la tenant dans la sienne beaucoup plus longtemps qu'il n'eût été nécessaire, au point que ce spectacle en devint presque gênant – et qu'il lui parlait vivement, je vis qu'il n'était pas aussi jeune que j'en avais eu l'impression au début. Ses cheveux blonds coupés court grisonnaient sur les tempes. Il devait avoir la quarantaine, même s'il se comportait comme un gamin de vingt ans.

Il se décida enfin à lâcher la main de Dina et se dirigea vers moi.

« Je crois que nous nous connaissons, monsieur le virtuose.

— Je me nomme baron von Yosch », dis-je d'une voix très calme et courtoise.

Le cachalot perçut le rappel à l'ordre et s'excusa, affirmant qu'il n'avait pas bien compris mon nom, comme cela arrive souvent. Il avait une façon de lancer les mots qu'il prononçait avec une violence qui me rappelait son modèle, quand celui-ci lance en l'air son jet d'eau.

« Mais vous, vous vous souvenez de moi, n'est-ce pas ? me demanda-t-il.

— Non, je suis tout à fait désolé.

— Si je ne m'abuse, nous nous sommes rencontrés il y a un mois…

— Je crois que vous faites erreur, dis-je. Il y a un mois, j'étais en voyage.

— Absolument. En Norvège. Et nous avons passé quatre heures assis l'un en face de l'autre sur la ligne Christiania-Bergen. Est-ce exact ? »

Il tourna sa cuiller dans la tasse de thé que Dina venait de déposer devant lui. Elle avait entendu la fin de sa phrase. Elle nous regarda d'un air curieux et dit : « Ah ! Ces messieurs se connaissaient déjà ? »

Le cachalot, la mine réjouie, se mit à rire sans émettre le moindre son et, se tournant vers Dina, répondit :

« Bien sûr. Mais au cours de ce voyage à travers le fjeld de Hardanger, monsieur le baron était tout aussi peu loquace qu'aujourd'hui.

— C'est bien possible, répondis-je. Il est dans ma nature de chercher rarement à lier connaissance en voyage. »

Pour moi, l'incident était clos.

Mais pas pour le cachalot. Eugen Bischoff fit une remarque sur la surprenante mémoire des visages dont l'ingénieur faisait preuve une fois de plus. Eugen Bischoff était toujours disposé à reconnaître à ses amis toutes sortes de dons et de qualités exceptionnelles.

« Mais non, fit l'ingénieur en buvant une gorgée de thé. Dans le cas présent, ce n'est vraiment pas une prouesse. Il faut avouer cependant que monsieur le baron a un visage qui ressemble à bien d'autres – pardonnez-moi, monsieur le baron. Il est vraiment tout à fait étrange de voir à combien d'autres personnes vous ressemblez. Mais votre pipe anglaise, elle, a une physionomie caractéristique, et c'est grâce à elle que je vous ai reconnu. »

Je trouvai ses plaisanteries assez communes, et il me sembla qu'il était un peu trop préoccupé de ma personne. Je ne voyais vraiment pas ce qui me valait cet honneur.

« Eh bien, Eugen, mon vieux ! s'écria le cachalot d'une voix forte et sans éprouver la moindre gêne. Raconte-nous un peu les grands succès que tu as obtenus à Berlin. J'ai lu un article à ce sujet – tous les journaux en parlent. Et où en es-tu avec le roi Richard ? Est-ce que tu avances ?

— Ne pourrions-nous continuer à jouer ? » proposai-je.

Le cachalot prit un air atterré et eut un geste d'excuse tout à fait excessif.

« Vous n'aviez pas fini ? Oh ! Je vous prie mille fois de me pardonner. Vraiment, je croyais... Il faut dire que je n'entends absolument rien à la musique...

— Cela ne m'a pas échappé », dis-je avec la mine la plus aimable du monde.

Il fit semblant de ne pas avoir entendu ma remarque. Il s'assit, étendit les jambes, saisit quelques photographies qui traînaient sur la table et se plongea dans la contemplation de l'une d'elles – Eugen Bischoff dans le rôle d'un roi shakespearien quelconque.

J'accordai mon violon.

« Nous avons simplement fait une petite pause en votre honneur entre le premier et le deuxième mouvement, monsieur l'ingénieur », dit le docteur Gorski, et dans mon dos, j'entendis Dina murmurer :

« Pourquoi êtes-vous aussi désagréable avec Solgrub ? »

Je dus rougir violemment à cet instant – comme toujours quand elle m'adresse la parole. Je tournai la tête et aperçus l'ovale singulier de son visage et ses yeux sombres, interrogateurs, qui étaient dirigés sur moi. Je cherchai une réponse, je voulais lui faire comprendre mon antipathie, lui expliquer que j'avais des préventions contre les gens qui arrivent toujours au mauvais moment. C'est vrai, me dis-je, ils n'y peuvent rien et ce sont peut-être des gens absolument charmants. Je leur cause du tort, je l'admets. C'est une disposition regrettable qui les pousse à se présenter toujours à un moment où ils dérangent. Je l'avoue volontiers, mais je suis incapable de cacher mon antipathie. C'est impossible, je suis fait ainsi…

Non ! Qui suis-je en train d'abuser ? Tout cela est faux. C'est de la jalousie, une jalousie pitoyable, la souffrance suscitée par un amour trahi. Quand je vois Dina, je suis comme un chien à la chaîne qui la surveille. Quiconque s'approche d'elle devient mon ennemi mortel. Je veux garder pour moi tout seul le moindre de ses regards, la moindre de ses paroles. Pourquoi ne puis-je la quitter, me lever et en finir une fois pour toutes ? Cela fait mal, cela me brûle au fond de moi-même…

Silence ! Le docteur Gorski donne le signal. Il tape deux coups d'archet sur son pupitre, et nous commençons à jouer le deuxième mouvement.

III

Ah, ce deuxième mouvement du trio en si majeur ! Combien de fois ses rythmes m'ont-ils effrayé et bouleversé ! Je n'ai jamais pu le jouer jusqu'au bout sans éprouver un profond abattement, et pourtant, je lui porte un amour passionné.

Un scherzo, certes, mais quel scherzo ! Il débute par une gaieté horrifiante, un entrain qui vous fige le sang dans les veines. Au début, un rire fantomatique, une ronde de personnages démoniaques traverse la pièce dans une farandole effrénée et lugubre. Voilà comment débute cet étrange scherzo. Et soudain, une voix humaine se détache, seule, de cette bacchanale infernale ; c'est la voix d'une âme égarée, la voix d'un cœur étreint par l'angoisse et qui monte pour exprimer sa souffrance.

Mais voilà à nouveau le rire sardonique et tonitruant de Satan qui se mêle à ces accents si purs et met en pièces la mélodie. La voix s'élève une fois encore, hésitante et douce, elle retrouve la ligne mélodique et la fait monter très haut, comme si elle voulait fuir avec elle dans un autre monde.

Mais les démons de l'enfer ont tous les pouvoirs. Le jour pointe, le jour ultime, celui du Jugement dernier, et Satan triomphe de l'âme pécheresse. La voix humaine qui se lamente est précipitée des hauteurs où elle planait et sombre dans le rire désespéré de Judas.

Lorsque nous eûmes achevé le mouvement, je restai assis de longues minutes, muet parmi des gens muets.

Ensuite, le royaume des ombres désespérément lugubre qui m'entourait disparut. Le rêve du Jugement dernier s'évanouit, le cauchemar de ce tribunal divin m'abandonna et me libéra.

Le docteur Gorski se leva et se mit à aller et venir lentement dans la pièce. Eugen Bischoff resta assis, plongé dans ses pensées, et l'ingénieur s'étira comme s'il venait de se réveiller. Puis il prit une cigarette dans la boîte qui se trouvait sur la table et referma le couvercle, qui claqua bruyamment.

Mon regard glissa lentement vers Dina Bischoff. Souvent, on se réveille le matin avec à l'esprit la dernière pensée qu'on a eue avant de s'endormir. Et c'est ainsi que je ne pus m'empêcher, après la fin du mouvement, de penser que je l'avais terriblement fâchée et que je devais l'apaiser. Plus je la regardais, plus ce désir s'amplifiait en moi et se faisait pressant. Je ne parvenais plus à penser à quoi que ce soit d'autre. Ce souhait puéril était probablement dû à la musique.

À présent, elle tourne la tête vers moi :

« Allons, baron, vous voilà bien songeur ! À quoi pensez-vous ?

— Je pensais à mon chien Zamor. »

Je sais pourquoi je dis cela en la regardant droit dans les yeux ; nous le savons tous les deux, Dina et moi. Elle a connu ce chien. Mon Dieu, comme elle le connaissait bien !

Elle sursaute quand elle entend ma réponse : elle ne veut pas que l'on parle de Zamor. Elle hoche la tête et se détourne de moi d'un air dépité. À présent, elle est encore plus fâchée. Je n'aurais pas dû dire cela, je n'aurais pas dû lui rappeler Zamor, mon petit chien, pas en cet instant où toutes ses pensées vont certainement à l'étranger, au cachalot.

Pendant ce temps, le docteur Gorski a rangé son violoncelle et son archet dans un sac de toile.

« Je pense que cela suffit pour aujourd'hui, propose-t-il. Nous épargnerons le troisième mouvement à monsieur l'ingénieur, n'est-ce pas ? »

Dina rejette la tête en arrière et se met à fredonner doucement le thème de l'adagio.

« Entendez-vous ? On a l'impression de se trouver dans une barque, n'est-ce pas ? »

À mon grand étonnement, le cachalot commence lui aussi à chantonner le thème du troisième mouvement, presque sans faute, même ; il est simplement un peu trop rapide. Puis il dit :

« Comment cela, dans une barque ? Non. Je crois que la fluidité du tempo vous abuse. Pour ma part, ce thème suscite en moi des visions d'une tout autre nature.

— Vous connaissez très bien le trio en si majeur, à ce que je vois », dis-je, et ma remarque, me semble-t-il, apaise Dina Bischoff.

Elle se tourne aussitôt vers moi, et me dit d'une voix pleine d'ardeur :

« Vous devez savoir, en effet, que notre ami Solgrub est plus musicien qu'il ne l'avoue. Simplement, il se croit tenu d'afficher une certaine supériorité vis-à-vis de la musique et de tous les autres arts qu'il trouve inutiles. C'est votre métier qui exige cela, n'est-ce pas, Waldemar ? Et il voudrait me faire croire qu'il ne reconnaît le talent de comédien de mon mari que parce qu'il a trouvé sa photo sur des cartes postales et dans un magazine ! Taisez-vous, Waldemar, je vous connais. »

Le cachalot fait mine de penser qu'il n'est pas question de lui. Il prend un livre sur une étagère et le feuillette. Mais il lui est manifestement très agréable de se retrouver au centre de la conversation et de voir son comportement expliqué et analysé par Dina.

« Et pourtant, remarque alors le frère de Dina en intervenant dans le débat, pourtant, la musique agit sur lui avec beaucoup plus de force que sur chacun d'entre nous. C'est votre âme russe, n'est-ce pas ? Elle évoque immédiatement pour lui des images entières : un paysage et la mer sous un ciel nuageux, avec des vagues et un coucher de soleil, ou un homme et les mouvements qu'il fait ou bien… Qu'avez-vous donc vu récemment ? Des casoars qui s'enfuyaient, et Dieu sait quoi encore !

— Il n'y a pas longtemps, raconte Dina, je jouais le dernier mouvement de la sonate *Appassionata* – c'était bien l'*Appassionata*, n'est-ce pas, Waldemar, qui vous a donné la vision d'un soldat en train de proférer des jurons ?… »

Ils en sont donc déjà là, tous les deux, me dis-je, plein d'amertume et de colère. Elle lui joue des sonates de Beethoven. Entre Dina et moi, les choses ont aussi commencé ainsi, naguère.

Le cachalot repose le livre.

« Le troisième mouvement de l'*Appassionata*, dit-il, l'air songeur en s'enfonçant dans son fauteuil et en fermant les yeux. Ce troisième mouvement évoque pour moi avec une acuité qu'il m'est impossible de décrire à présent – car dans ces moments-là, je pourrais décrire le moindre bouton de son uniforme –, un invalide des guerres de Napoléon qui tourne dans la pièce en boitant, en jurant et faisant grand tapage.

— Il jure et fait du tapage ? Le pauvre ! Il a probablement perdu les quatre misérables sous qu'il a mis de côté. »

J'ai dit cela sans penser à mal. Il n'y avait là aucune mauvaise intention. Je voulais simplement plaisanter. Mais immédiatement, je me rends compte de l'effet déplorable que cette remarque va susciter. Et en effet, le docteur Gorski hoche la tête d'un air désapprobateur, Félix me lance un regard indigné en portant sa main bandée à la bouche, comme pour me mettre en garde, et Dina me regarde d'un air étonné et profondément choqué. Suit un silence embarrassé, et je me sens rougir de confusion. Mais Eugen Bischoff n'a rien remarqué de tout cela. Il s'adresse à l'ingénieur :

« Je t'ai souvent envié ton aptitude à voir les choses concrètement, Solgrub », lui dit-il, et l'idole des écoles de théâtre semble très abattue en cet instant. « Tu aurais dû devenir acteur, mon cher Solgrub.

— Et c'est vous qui dites cela, Bischoff ? s'écrie le docteur Gorski d'un ton presque virulent. Vous qui abritez en vous-même tant de personnages ? Ils s'entassent dans votre tête, les rois et les rebelles, les chanceliers, les papes, les meurtriers, les fripons, les archanges, les mendiants et le bon Dieu.

— Oui, mais je n'ai jamais vu aucun d'entre eux avec la même acuité que Solgrub a vu son invalide boiteux. Je n'ai entrevu que leur ombre. Ce n'étaient que des visions nébuleuses sans couleur ni forme, qui ressemblaient à chaque fois à quelqu'un d'autre. Grand Dieu ! Si je pouvais comme Solgrub décrire le moindre bouton d'uniforme ! Je serais devenu un démiurge capable de créer un être humain. »

Je comprends la résignation qui s'exprime dans ses propos. Il a vieilli, il n'est plus le grand Eugen Bischoff. On le lui fait sentir, et il s'en rend compte lui-même. Il s'en défend et refuse de l'admettre. Pauvre ami ! Les années à venir vont être désespérément tristes pour lui.

Les années du déclin.

Et soudain, une conversation que j'ai eue avec le directeur du théâtre me revient en mémoire. Si quelqu'un lui rapportait cette remarque, si moi-même je lui disais : « Vous savez, mon cher Eugen, que je suis un ami de votre directeur. Nous parlons de bien des choses. Eh bien, tout récemment – je peux bien vous le confier –, il m'a dit, naturellement en plaisantant… »

Ciel, quelles pensées ! Que Dieu empêche qu'il apprenne cette nouvelle ! Ce serait la fin. Il est si faible, intérieurement, si fragile. La moindre brise pourrait le renverser !

À présent, le frère de Dina s'adresse à lui et tente de se remémorer tous les termes techniques du théâtre qu'il connaît : l'analyse psychologique, l'intelligence de l'œuvre, et ainsi de suite, mais Eugen Bischoff hoche la tête et dit :

« Ne me raconte pas de sornettes, Félix ! Tu sais comme moi ce qui me manque. Ce que tu dis est parfaitement exact, mais ce n'est pas l'élément décisif. Crois-moi, on peut apprendre toutes ces choses. Ou bien cela vous vient tout seul avec la tâche que l'on doit accomplir. Seule l'imagination créatrice ne peut s'acquérir. On la possède ou on ne la possède pas. C'est l'imagination qui me fait défaut, celle qui crée tout un univers à partir de rien, et bien d'autres en sont dépourvus. Elle manque presque à tout le monde. Oui, certes, je sais ce que tu vas me dire, Dina : j'ai fait mon chemin, j'ai un certain talent, les journaux peuvent bien écrire sur moi ce que bon leur semble. Mais y en a-t-il un seul parmi vous qui ait une idée de l'homme prosaïque et sec que je suis en réalité ? Quelque chose est arrivé qui devrait vous ôter votre quiétude et vous faire perdre le sommeil. Il y a de quoi avoir des sueurs froides et être saisi par un frisson d'horreur, mais hélas, tout cela ne me fait pas plus d'effet que lorsque je survole les faits divers dans le journal, au petit déjeuner.

— Avez-vous lu le journal, aujourd'hui ? » lui demandai-je.

Je pensais aux manifestations des travailleurs de Saint-Pétersbourg, car Eugen Bischoff s'intéresse beaucoup aux questions sociales.

« Non, je n'ai pas encore vu le journal aujourd'hui. Ce matin, je l'ai cherché en vain. Dina, où est passé le journal ? »

Dina pâlit et rougit tour à tour. Mon Dieu, c'est vrai, j'aurais dû y penser : on lui a caché le journal qui annonce la faillite de sa banque. J'ai encore fait une belle sottise. Je commets maladresse sur maladresse.

Mais Dina se ressaisit rapidement et dit négligemment, comme si elle parlait d'une chose tout à fait insignifiante :

« Le journal ? Je crois que je l'ai vu traîner quelque part dans le jardin. Je le retrouverai, ne t'inquiète pas. Mais tu avais commencé à parler d'un sujet si intéressant, Eugen. Continue ! »

Le frère de Dina est debout à côté de moi et me dit à voix basse, sans bouger les lèvres :

« Avez-vous l'intention de poursuivre encore longtemps vos expériences ? »

Qu'est-ce que cela signifie ? Que veut-il dire par là ?

J'ai commis une imprudence sans réfléchir, rien de plus.

Que serait-ce d'autre ?

IV

Eugen Bischoff ne cesse d'aller et venir. Quelque chose le préoccupe. On dirait qu'il cherche à traduire une pensée en mots. Soudain, il s'arrête devant moi et me dévisage. Il me regarde droit dans les yeux, me lance un regard scrutateur, l'air inquiet, hésitant et presque méfiant. Ce regard me met mal à l'aise, mais je ne sais pas bien pourquoi.

« Voilà une affaire étrange, baron, dit-il. Il est bien possible que vous ayez des sueurs froides dans le dos quand je vous la raconterai. Cette histoire est si étrange que vous mettrez peut-être longtemps à trouver le sommeil, ce soir. Mais là, ajoute Eugen Bischoff en se tapant violemment le front de la main, là, il y a chez moi un nerf qu'il est difficile d'arracher à sa léthargie. Il semble qu'il ne veuille pas vraiment collaborer. Il n'est là que pour les petits événements de la vie quotidienne. Mais il ne vaut rien pour la peur et l'horreur et l'épouvante. Je n'ai pas le sens de ces choses-là.

— Alors ! Qu'attendez-vous pour nous raconter cette affaire, Bischoff ? intervint le docteur Gorski.

— Je ne sais pas bien si je parviendrai à vous faire comprendre en quoi ce cas sort de l'ordinaire. Voyez-vous, je n'ai jamais été très fort pour raconter les histoires. Toute cette affaire ne vous semblera peut-être pas très passionnante. Comme je le disais…

— À quoi bon cette longue introduction, Eugen ? Commence ! dit l'ingénieur en faisant tomber la cendre de sa cigarette.

— Bien, écoutez-moi. Après, vous pourrez penser ce que vous voudrez. Voilà l'histoire : il y a quelque temps, j'ai fait la connaissance d'un jeune officier de marine qui bénéficiait d'une permission exceptionnelle de plusieurs mois pour régler une affaire familiale d'une nature particulière.

« Il avait un frère plus jeune que lui, ici, en ville. Il était peintre et suivait des cours à l'Académie des beaux-arts. Un jour, ce frère, qui semble avoir eu du talent – j'ai vu quelques-unes de ses œuvres : un groupe d'enfants, une infirmière, une baigneuse –, ce jeune homme se suicida. Un suicide sans aucun motif apparent. On n'a pas pu trouver la moindre raison qui aurait motivé cet acte désespéré : ce jeune homme n'avait ni dettes ni soucis d'argent, il n'avait pas de relation amoureuse, n'était pas malade, bref, la chose sembla mystérieuse au plus haut point. Et son frère…

— Des cas semblables se produisent beaucoup plus souvent qu'on ne le croit, observa le docteur Gorski. Les rapports de police se tirent d'affaire avec la mention : "Accès subit de confusion mentale."

— Oui, c'est ce que les gens ont dit à l'époque. Mais la famille ne s'est pas contentée de cette explication. Les parents, en particulier, n'arrivaient pas à comprendre que leur fils n'ait pas laissé une lettre d'adieu. On n'a même pas retrouvé dans les papiers du mort la formule : "Chers parents, pardonnez-moi, je n'avais plus d'autre choix", pourtant très classique dans des cas de ce genre. Même ses lettres antérieures ne contenaient pas le moindre terme qui aurait laissé supposer des intentions suicidaires existantes ou sur le point de se développer. La famille ne crut donc pas à un suicide, et le frère aîné se chargea d'aller à Vienne pour faire la lumière sur cette affaire.

« L'officier avait un plan précis, et le mit en œuvre avec toute l'énergie et la ténacité dont il était capable. Il s'installa dans l'appartement de son frère, adopta ses habitudes et même son emploi du temps, chercha à rencontrer tous les gens que le jeune homme fréquentait. Il suivait des cours à l'Académie des beaux-arts, dessinait et peignait, passait tous les jours quelques heures dans le café habituel de son frère et poussa même ce jeu jusqu'à porter les vêtements du défunt et à s'inscrire au cours d'italien que suivait son frère. Il assistait aux cours avec une assiduité scrupuleuse, bien qu'en tant qu'officier de marine il maîtrisât parfaitement l'italien. Et il fit tout cela avec la conviction que de cette manière, il trouverait nécessairement un jour ou l'autre les raisons de ce suicide incompréhensible. Rien n'aurait pu le faire changer d'avis à ce sujet.

« Il mena cette vie, qui était en réalité la vie d'un autre, pendant deux mois entiers, et je ne peux pas dire s'il s'est rapproché de son but pendant cette période. Mais un beau jour, il rentra fort tard chez lui. Lorsque sa logeuse lui porta son repas dans sa chambre, elle remarqua ce retard car il ne correspondait pas à son mode de vie habituel, réglé à la minute près. Il n'était pas vraiment de mauvaise humeur, malgré ses remarques acerbes sur les plats qui avaient refroidi. Il lui fit part de son intention d'aller le soir même à l'opéra, pour lequel il espérait encore trouver des places. Il lui demanda de lui apporter un repas froid dans sa chambre à onze heures.

« Un quart d'heure plus tard, la cuisinière vint lui apporter du café noir. La porte était fermée à clef, mais elle entendit l'officier aller et venir dans la chambre. Elle frappa en disant : “Le café, mon lieutenant !” et posa la tasse sur une chaise qui se trouvait à côté de la porte. Un instant plus tard, elle revint pour prendre la vaisselle. Le café était encore sur la chaise ; il n'y avait pas touché. Elle frappa, sans obtenir de réponse. Elle tendit l'oreille – pas un bruit. Mais tout à coup, elle entendit des cris et des éclats de voix dans une langue qu'elle ne connaissait pas et, immédiatement après, un hurlement très fort.

« Elle tambourine à la porte, crie, fait du tapage, la logeuse arrive à son tour et elles parviennent finalement à forcer la porte. La chambre est vide. Mais les fenêtres sont ouvertes et un grand vacarme monte de la rue. Elles savent alors ce qui est arrivé : dans la rue, les gens se pressent autour d'un cadavre. Trente secondes plus tôt, le jeune officier s'est jeté par la fenêtre – une cigarette fume encore dans le cendrier sur sa table. »

L'ingénieur l'interrompit :

« Il s'est jeté par la fenêtre ? Voilà qui est étonnant. En tant qu'officier, il était certainement en possession d'une arme.

— Parfaitement. Le revolver se trouvait dans le tiroir de son bureau. Il n'avait pas été touché, mais il n'était pas chargé. C'était un revolver de l'armée, calibre 9 millimètres. Les munitions se trouvaient dans le même tiroir : il y avait une boîte remplie de balles.

— Et ensuite ? Et ensuite ? fit la voix impatiente du docteur Gorski.

— Ensuite ? Rien. Il s'est suicidé comme son frère l'avait fait avant lui. Je ne sais pas s'il a trouvé la solution de l'énigme. Mais si c'est le cas, je suppose qu'il avait ses raisons pour emporter le secret avec lui dans la tombe.

— Que dites-vous là ? s'écria le docteur Gorski. Il a certainement laissé une lettre, justifiant son geste, quelques lignes d'explication pour ses parents, au moins.

— Non. »

Ce n'était pas Eugen Bischoff qui avait répondu sur un ton aussi catégorique, mais l'ingénieur. Et il poursuivit :

« Ne comprenez-vous donc pas que cet officier n'en a pas eu le temps ? Il n'a pas eu le temps, voilà ce que ce cas a d'extraordinaire. Il n'a pas pu aller chercher son revolver ni le charger. Comment aurait-il trouvé le temps, dans ces conditions, d'écrire une lettre d'adieu ?

— Tu te trompes, Solgrub, dit Eugen Bischoff. L'officier a laissé une trace écrite. Mais voilà : ce n'était qu'un mot tronqué.

— C'est ce que j'appelle la concision militaire, remarqua le docteur Gorski en indiquant d'un clin d'œil amusé qu'il considérait tout cela comme une pure invention.

— Ensuite, conclut Eugen Bischoff, la pointe de son crayon s'est cassée et la feuille de papier porte à cet endroit une large déchirure.

— Et le mot ?

— Il l'a griffonné en toute hâte, de façon presque illisible. Il s'agissait du mot : "épouvantable". »

Personne parmi nous ne dit mot. Seul l'ingénieur lâcha un « Ah ! » étonné, bref et incisif.

Dina se leva et pressa l'interrupteur de la lampe électrique. La pièce était à présent éclairée, mais le sentiment d'angoisse qui s'était emparé de moi et de toutes les personnes présentes ne disparut pas pour autant.

Seul le docteur Gorski restait sceptique quant à cette affaire.

« Bischoff, dit-il, avouez que vous avez inventé de toutes pièces cette histoire pour nous faire un peu frémir. »

Eugen Bischoff fit non de la tête.

« Non, docteur. Je n'ai rien inventé du tout. Il y a à peine quelques semaines que tout cela s'est produit. Et les choses se sont passées exactement comme je vous l'ai raconté. Eh oui, docteur, on voit parfois des phénomènes étranges, croyez-moi ! Qu'en penses-tu, Solgrub ?

— C'est un meurtre, répondit l'ingénieur d'un ton cassant et résolu, un meurtre d'une nature très inhabituelle, cela me paraît évident. Mais qui est le meurtrier ? Comment s'est-il introduit dans la pièce et où est-il passé ensuite ? Voilà une question à laquelle chacun devrait réfléchir sérieusement quand il se retrouve seul avec lui-même. »

Il jeta un coup d'œil sur sa montre.

« Il se fait tard. Je vais devoir prendre congé de vous.

— Il n'en est pas question, dit Eugen Bischoff. Vous restez tous à dîner. Et ensuite, nous passerons encore un moment ensemble pour parler de choses plus réjouissantes.

— Que diriez-vous de présenter au public averti et cultivé rassemblé ici même quelques passages de votre nouveau rôle ? » demanda le docteur Gorski.

Quelques jours plus tard, Eugen Bischoff devait en effet jouer pour la première fois le rôle de Richard III. Tous les journaux avaient annoncé la nouvelle. Mais la proposition du docteur Gorski ne sembla guère lui plaire. Il fit la moue et plissa le front.

« Pas aujourd'hui, dit-il. Une autre fois, ce sera avec plaisir. »

Dina et son frère tentèrent de le convaincre. Et pourquoi pas aujourd'hui ? Quel caprice leur faisait-il là, alors que tout le monde se réjouissait déjà à cette idée.

« Il est agréable d'avoir un peu d'avance sur la *misera plebs* des loges et de l'orchestre quand on a l'insigne honneur de vous connaître personnellement, Bischoff », avoua le docteur Gorski.

Eugen Bischoff hocha la tête et s'en tint à son refus.

« Non, pas aujourd'hui. C'est impossible. Vous assisteriez à quelque chose de très imparfait, et je ne le veux pas.

— Ce serait une sorte de répétition générale devant un cercle de bons amis, remarqua Solgrub.

— Non. N'insistez pas. Dieu sait que je ne me fais pas prier d'habitude. C'est même un plaisir pour moi. Mais aujourd'hui, c'est impossible. L'image de ce Richard n'est pas encore claire dans mon esprit. Il faut que je le voie physiquement devant moi, c'est essentiel... »

Le docteur Gorski fit mine de céder. Mais il me lança à nouveau des clins d'œil malicieux, car il connaissait une excellente méthode qui avait fait ses preuves pour vaincre la résistance du comédien, et il avait bien l'intention d'en faire usage. Il s'y prit très habilement, faisant montre d'une grande prudence. D'un air parfaitement détaché, il se mit à parler d'un comédien berlinois assez médiocre qu'il prétendait avoir vu dans ce rôle. Et il trouva pour cet acteur des mots qui exprimaient les plus hautes louanges :

« Vous savez, Bischoff, que je ne suis pas un inconditionnel du poulailler, mais ce Semblinski était tout simplement extraordinaire. Quelles trouvailles ! Je le vois encore assis sur les marches du palais, jetant le gant en l'air et le rattrapant, s'étirant et se prélassant comme un chat au soleil ! Et ensuite, il faut entendre la façon dont il construit son monologue ! »

Et pour donner à Eugen Bischoff une idée de cette performance, le docteur Gorski se mit à déclamer avec force pathos et en accompagnant sa prestation de gestes exaltés :

« Moi qui, frustré de nobles proportions, / Tronqué de ses attraits par trompeuse Nature… » Il s'interrompit pour faire une remarque sur le texte : « Non, c'est le contraire : il faut dire d'abord "tronqué" et ensuite "frustré". Cela ne fait rien. *Difforme, inachevé…* Quelle est la suite ? *Fus jeté avant terme en ce monde palpitant…*

— Assez, docteur, s'écria le comédien d'un ton encore assez mesuré.

— *… en ce monde palpitant* – ne m'interrompez pas ! – *Tellement estropié et tellement grotesque / Que les chiens grognent quand près d'eux je claudique…*

— Assez ! cria Eugen Bischoff en pressant ses poings contre ses oreilles. Arrêtez ! Vous me rendez malade. »

Le docteur Gorski n'en fit rien.

« Eh bien, donc, puisque je ne peux être l'amant / Qui charmerait ces jours si beaux parleurs. J'ai pris la décision d'agir en vraie crapule…

— Et moi, j'ai pris la décision de vous tordre le cou si vous ne cessez pas immédiatement ! lança Eugen Bischoff à l'adresse du docteur Gorski. Je vous en prie, vous faites de ce Gloster un pantin sentimental ! Richard III est une bête fauve, un monstre, une brute, mais c'est tout de même un être humain, un roi, pas un bouffon hystérique, que diable ! »

Saisi par le rôle, il se mit à aller et venir dans la pièce, pris d'une grande agitation. Soudain, il s'arrêta, et les choses se déroulèrent exactement comme le docteur Gorski l'avait prévu.

« Je vais vous montrer comment on doit jouer

Richard III. Silence, s'il vous plaît. Vous allez entendre le monologue.

— J'ai une conception du personnage qui m'est propre, dit le docteur Gorski d'une voix imperturbable et froide. Mais je vous en prie, c'est *vous* l'acteur, je veux bien que vous me donniez une leçon. »

Eugen Bischoff lui lança un regard sournois plein de mépris et de hargne. Sur le point de se métamorphoser en roi shakespearien, il ne voyait plus devant lui le docteur Gorski, mais son pauvre frère Clarence.

« Attention ! cria-t-il. Je vais passer un instant au pavillon. Pendant ce temps, ouvrez les fenêtres, cette fumée est insupportable. Je reviens tout de suite.

— Tu vas te maquiller ? demanda le frère de Dina. À quoi bon, Eugen ? Nous pouvons nous passer de ton masque. »

Les yeux d'Eugen Bischoff flamboyaient et lançaient des éclairs. Il était dans un état d'excitation comme jamais je ne l'avais vu auparavant. Et il dit alors une chose très étrange :

« Me maquiller ? Non. Je veux voir les boutons de son uniforme. Il faut que vous me laissiez seul pendant un moment. Je serai de retour dans deux minutes. »

Il sortit, mais revint l'instant d'après.

« Écoutez, savez-vous ce qu'est votre Semblinski, votre grand Semblinski ? C'est un idiot. Je l'ai vu une fois dans le rôle de Iago – une catastrophe ! »

À ces mots, il sortit. Je le vis traverser le jardin à grands pas. Il parlait tout seul et gesticulait : il se trouvait déjà au château de Baynard, dans l'univers de Richard III. En marchant ainsi, il faillit renverser son vieux jardinier qui, bien que la nuit fût déjà tombée, était agenouillé au milieu de la pelouse et coupait de l'herbe. Peu après, la silhouette d'Eugen Bischoff disparut dans le pavillon, les fenêtres s'éclairèrent et jetèrent des reflets tremblants et des ombres mouvantes sur le grand jardin silencieux plongé dans l'obscurité de la nuit.

V

Le docteur Gorski déclamait encore quelques passages des drames de Shakespeare avec emphase, affectation et une accumulation ridicule de gestes, et comme Eugen Bischoff avait quitté la pièce, il le faisait simplement par pur plaisir, par caprice et pour faire passer le temps. Il en était au roi Lear et, à notre grand déplaisir, insista pour chanter de sa voix un peu rauque les chansons du bouffon sur des mélodies qu'il improvisait sur le moment. Pendant ce temps, l'ingénieur restait silencieux dans son fauteuil et allumait cigarette sur cigarette, plongé dans la contemplation des motifs du tapis. L'histoire du jeune officier de marine ne lui sortait pas de l'esprit ; les circonstances mystérieuses et tragiques de ce suicide le préoccupaient encore. De temps à autre, il levait la tête et lançait un regard étonné et désapprobateur au docteur qui chantait – comme lorsqu'on s'étonne d'un phénomène rare et incompréhensible –, et à un moment donné, il tenta de le ramener dans l'univers des faits rationnels.

Il se pencha en avant et lui saisit brusquement le poignet.

« Écoutez, docteur. Il y a quelque chose dans cette histoire que je n'arrive pas à comprendre. Attendez un instant, écoutez-moi donc ! Supposons qu'il s'agissait bel et bien d'un suicide et qu'il était le fruit d'une décision subite. Bien. Mais dans ce cas, je me demande pourquoi cet officier s'est enfermé dans sa chambre un quart d'heure avant. Il ne pense pas encore au suicide et ferme la porte à clef. Dans quel but ? Pouvez-vous m'expliquer cela, docteur ?

— *Celui qui t'a conseillé, Lear, / D'abandonner ton pays, / Présente-le-moi, / Ou prends sa place !* »

Le docteur Gorski accompagne sa déclamation d'un geste de mauvaise humeur, comme ceux qu'on fait pour chasser une mouche importune.

« Arrêtez ces sottises, docteur ! dit l'ingénieur en tentant de lui faire entendre raison. Un quart d'heure avant, il s'enferme dans sa chambre. Il a assez de temps, pourrait-on croire, pour se préparer. Et ensuite, il se jette par la fenêtre. Allons donc, un officier qui a un revolver et une boîte pleine de munitions dans le tiroir de son bureau n'agit pas ainsi ! »

Toutes ces réflexions et ces conclusions ne parvinrent pas à interrompre le docteur Gorski dans sa déclamation des vers shakespeariens. Cette belle illusion avait pris possession de lui. Il avait l'air comique, lui, si petit et un peu rabougri – un gnome debout au milieu de la pièce et qui chantait en s'accompagnant d'un luth imaginaire :

« *Le bouffon aimable et amer / Se montrera à toi immédiatement...* »

L'ingénieur comprit qu'il était vain de tenter d'attirer son attention sur ces réflexions. Il se tourna donc vers moi :

« En fait, il y a là une contradiction, ne trouvez-vous pas ? Pourriez-vous, s'il vous plaît, me rappeler tout à l'heure que je dois poser la question à Eugen Bischoff, avant que nous ne partions.

— Où diable est passée ma sœur ? demanda soudain Félix.

— Elle a bien fait de partir, il y a trop de fumée dans cette pièce, remarqua l'ingénieur en jetant sa cigarette dans le cendrier. *Magna pars fui*, je l'avoue. Nous aurions dû penser à ouvrir les fenêtres. »

Personne ne fit attention à moi lorsque je quittai le salon. Je refermai sans bruit la porte derrière moi. Je croyais trouver Dina dans le jardin. Je longeai les allées de part et d'autre de la pelouse jusqu'à la palissade du jardin voisin. Mais je ne la rencontrai à aucun de ses endroits favoris. Sur la table de jardin, en deçà du talus, j'aperçus un livre ouvert dont les feuilles étaient humides au toucher à cause de la pluie des jours précédents ou de la rosée nocturne. À un moment, je crus entrevoir une silhouette dans un renfoncement du mur – c'est Dina, me dis-je –, mais en m'approchant, je m'aperçus qu'il s'agissait de deux arrosoirs vides, d'une corbeille, d'un râteau posé contre le mur et d'un hamac déchiré, agité par le vent.

Je ne sais pas combien de temps je passai dans le jardin. Peut-être un long moment. Peut-être restai-je appuyé contre un arbre à rêvasser.

Soudain, j'entendis du bruit et des rires qui venaient du salon. Une main téméraire parcourait les touches du piano, de l'octave inférieure jusqu'aux sons les plus aigus. La silhouette de Félix – ombre grande et sombre – apparut dans l'encadrement de la fenêtre.

« Hé ! Eugen ! lança-t-il dans le jardin. Non, c'est vous, baron ? »

Le timbre de sa voix trahit soudain un peu d'inquiétude et de nervosité.

« Où étiez-vous passé ? D'où venez-vous ? »

Derrière lui, j'aperçus le docteur Gorski qui me reconnut à son tour et se mit à déclamer :

« Je te retrouve ici, au clair de lune… »

Il s'interrompit, car l'un des deux autres l'avait écarté sans ménagement de la fenêtre, mais je l'entendis encore s'exclamer : « Ah ! Quelle audace ! »

Puis le silence retomba. On alluma soudain la lumière au-dessus de leurs têtes, au premier étage de la villa. Dina apparut à la véranda, baignée de la lumière laiteuse de la lampe. Elle mettait la table du dîner.

Je rentrai dans la maison et gravis l'escalier de bois qui conduisait à la véranda. Dina entendit le bruit de mes pas, tourna la tête et porta la main au-dessus de ses yeux.

« Est-ce toi, Gottfried ? » demanda-t-elle.

Je m'assis sans mot dire en face d'elle et la regardai poser les verres et les assiettes sur la nappe blanche de la table. J'entendais sa respiration profonde et régulière, semblable à celle d'un enfant endormi. Le vent agitait et faisait ployer les branches des marronniers et soulevait des farandoles automnales de feuilles mortes sur les allées. Dans le jardin, le jardinier était encore en train de travailler. Il avait allumé sa lanterne qu'il avait posée près de lui, dans l'herbe. Sa lumière blafarde se mêlait à celle, plus crue, qui tombait en flots calmes des fenêtres du pavillon.

Soudain, je sursautai.

Quelqu'un avait crié mon nom – « Yosch ! » –, rien que mon nom, mais j'avais perçu dans le timbre de cette voix quelque chose qui me terrifia : l'expression de la colère, un reproche, l'horreur et la surprise.

Dina interrompit son travail et tendit l'oreille. Puis elle me regarda d'un air interrogateur et surpris :

« C'est Eugen, dit-elle. Que peut-il bien vouloir ? »

J'entendis alors la voix d'Eugen Bischoff pour la deuxième fois :

« Dina ! Dina ! » cria-t-il, mais sa voix n'était plus la même : cette fois, elle n'exprimait ni la colère ni la surprise, mais la souffrance, la détresse et un désespoir infini.

« Je suis ici, Eugen ! Ici ! » cria Dina en se penchant à l'extérieur, vers le jardin.

L'espace de deux ou trois secondes, on n'entendit plus rien. Puis un coup de feu partit, et peu après, un second.

Je vis Dina se redresser. Elle resta plantée là, incapable de prononcer une seule parole, incapable de bouger. Je ne pouvais pas rester auprès d'elle ; il fallait que je descende pour voir ce qui s'était passé. Je crois me souvenir que j'imaginais au début deux maraudeurs qui se seraient introduits dans le jardin en escaladant la palissade pour voler des fruits. Je ne sais pas comment c'est arrivé, mais au lieu de sortir dans le jardin, je m'égarai dans une pièce sombre du rez-de-chaussée que je ne connaissais pas. Je ne trouvais pas la porte, je ne trouvais pas la fenêtre, je ne trouvais pas l'interrupteur. J'étais entouré par des murs. Où que je me tourne, je me faisais mal en me heurtant le front à des objets durs et anguleux. Je tournai ainsi pendant une minute dans le noir, tapant avec mes mains contre les murs, toujours plus furieux et plus perplexe.

Puis j'entendis des pas ; une porte s'ouvrit, une allumette s'enflamma dans l'obscurité. Je me retrouvai nez à nez avec l'ingénieur.

« Que s'est-il passé ? lui demandai-je d'une voix qui trahissait toute ma frayeur et mon inquiétude, mais aussi la joie d'avoir retrouvé la lumière et de ne plus être seul. Que s'est-il passé ? »

L'idée des maraudeurs s'était précisée dans mon esprit, et j'étais même convaincu de les avoir vus. Il me semblait à présent en avoir aperçu trois. Je revis distinctement l'un d'entre eux – un barbu de petite taille – qui s'accrochait à la palissade, un deuxième qui se levait et le troisième, se cachant derrière les buissons et les troncs des arbres, qui se dirigeait vers le pavillon à grandes enjambées.

« Qu'est-il arrivé ? » lui demandai-je à nouveau.

L'allumette s'éteignit. Le visage livide et décomposé de l'ingénieur sombra dans l'obscurité.

« Je cherche Dina, fit-il. Nous ne pouvons pas la laisser s'approcher de lui. C'est horrible. L'un de nous doit rester auprès d'elle.

— Elle est en haut, sur la véranda.

— Comment avez-vous pu la laisser seule ? » s'écria-t-il, et une seconde plus tard, il avait disparu.

Je me rendis dans la salle de musique. Elle était déserte ; une chaise renversée barrait la porte.

Je devais descendre et sortir dans le jardin. Je me souviens encore de l'impatience douloureuse que je ressentis, l'espace d'un instant, parce que le chemin qui traversait le jardin était trop long et qu'il ne semblait pas avoir de fin.

La porte du pavillon était grande ouverte. J'entrai.

En un instant, avant même d'avoir pu jeter un coup d'œil dans la pièce, je compris ce qui s'était passé : Eugen Bischoff ne s'était pas battu avec des maraudeurs ; il s'était suicidé. Je suis incapable de dire d'où me venait cette certitude.

Il était allongé sur le sol, près du bureau, le visage tourné vers moi. Son gilet et son veston étaient déboutonnés. Sa main droite tendue tenait le revolver. Dans sa chute, il avait fait tomber deux livres, l'encrier et un petit buste en marbre d'Iffland. Le docteur Gorski était agenouillé près de lui sur le sol.

Au moment où je pénétrai dans la pièce, Eugen Bischoff était encore en vie. Il ouvrit les yeux ; sa main tressaillait. Il bougea la tête. Était-ce une illusion ? Quand il m'aperçut, je vis s'exprimer sur son visage déformé par la douleur une surprise sans nom, un étonnement et une immense perplexité.

Il tenta de se redresser, voulut parler, poussa un soupir et retomba en arrière. Le docteur Gorski tenait sa main gauche.

Mais son visage ne trahit que l'espace d'un instant cette expression étrange d'une stupeur sans bornes ; peu après, ses traits s'altérèrent en une grimace qui traduisait une haine féroce.

Ce regard haineux resta fixé sur mon visage ; il s'y accrochait et ne me lâchait plus. C'est à moi qu'était destiné ce regard – à moi seul –, et je ne comprenais pas ce qu'il voulait me dire. Et je ne me comprenais pas moi-même : comment pouvais-je, face à un agonisant, ne pas être apeuré, terrifié, bouleversé et n'éprouver au lieu de cela qu'un léger malaise devant ce regard et la crainte de toucher par mégarde la tache de sang qui s'agrandissait sans cesse sur le tapis.

Le docteur Gorski se releva. Le visage d'Eugen Bischoff, naguère si vif, s'était métamorphosé en un masque livide, figé et muet.

J'entendis Félix crier depuis la porte :

« Elle arrive ! Elle est déjà dans le jardin ! Docteur, que devons-nous faire ? »

Le docteur Gorski saisit son imperméable accroché au mur et l'étendit sur le corps sans vie d'Eugen Bischoff.

« Allez à sa rencontre, docteur, dit Félix. Parlez-lui ;

moi, j'en suis incapable. »

Je vis Dina traverser le jardin et s'approcher du pavillon. L'ingénieur l'accompagnait en s'efforçant de la retenir. Une lassitude infinie s'empara alors de moi ; j'eus du mal à me tenir debout, et si j'avais osé, je me serais jeté de tout mon long sur la pelouse pour me reposer. Ce n'est rien, me dis-je, rien qu'un accès de faiblesse passagère. C'est peut-être parce que j'ai couru trop vite, tout à l'heure, en traversant le jardin.

Et tandis que Dina disparaissait derrière la porte du pavillon, il m'arriva quelque chose d'étrange.

C'était le jardinier sourd. Il se trouvait à côté de moi, penché sur l'herbe, et poursuivait son travail comme si de rien n'était.

Pour lui, il n'était rien arrivé. Pour lui, tout était encore comme avant. Il n'avait entendu ni le cri ni le coup de feu. Mais il dut sentir mon regard peser sur lui, car il se redressa et tourna la tête vers moi.

« Vous m'avez appelé, monsieur », dit-il.

Je fis non de la tête. Non. Je ne l'avais pas appelé.

Mais il ne me crut pas. Le bruit étouffé et assourdi qui avait atteint son oreille avait fait naître en lui le sentiment confus que quelqu'un avait prononcé son nom.

« Si. Vous m'avez appelé, monsieur », répéta-t-il en maugréant.

Et tout en poursuivant son travail, il ne me quitta plus des yeux et me regarda de côté d'un air méfiant.

À cet instant seulement, la terreur que je n'avais pas éprouvée devant le cadavre d'Eugen Bischoff s'abattit sur moi. Tout d'un coup, elle était là. L'épouvante faisait trembler tout mon corps, et j'avais des sueurs froides dans le dos.

Non ! Je ne l'ai pas appelé ! Je le vois là, devant moi,

qui me regarde fixement et brandit la faucille avec laquelle il coupe l'herbe. C'est le vieux jardinier sourd, oui, mais pendant un instant, il a ressemblé à l'image de la mort dans les vieux livres.

VI

Après un court instant, je retrouvai mes esprits et mon sang-froid. Je secouai la tête et souris à l'idée que, dans ce rêve éveillé, j'avais pu voir en la personne du vieux serviteur simple d'esprit le messager muet, le nautonier lugubre du fleuve éternel. Je descendis lentement l'allée du jardin jusqu'au pied du talus, et là, à un endroit caché entre la palissade du jardin et la serre, je trouvai une table et un banc sur lequel je m'assis.

Il devait avoir plu, ou était-ce simplement la rosée de la nuit ? Les feuilles et les branches des sureaux me fouettaient le visage – une goutte d'eau coula même le long de ma main. Il devait y avoir des pins ou des sapins non loin de là. Je ne pouvais les voir dans l'obscurité, mais leur parfum parvenait jusqu'à moi.

Cela me fit du bien de rester assis là. Je respirais l'air humide et frais du jardin et j'épiais la respiration de la nuit en laissant le vent caresser mon visage. Je percevais au fond de moi un vague sentiment de peur qui me rongeait et me mis à craindre qu'on remarquât mon absence, qu'on se mît à ma recherche et qu'on me retrouvât finalement à cet endroit. Non ! Je devais rester seul ; je ne pouvais parler à personne en ce moment. J'avais peur de me retrouver face à Dina et son frère : qu'aurais-je pu leur dire ? Des mots creux pour exprimer une piètre consolation dont la vanité me faisait horreur.

J'avais conscience que ma disparition serait nécessairement interprétée comme ce qu'elle était en réalité, à savoir une fuite devant le poids oppressant de l'heure. Mais cela m'était indifférent. Je me souvins tout à coup avoir souvent agi de la sorte lorsque j'étais enfant : quand on m'obligeait à présenter des vœux et à réciter des vers patiemment appris par cœur pour la fête de ma mère, une peur analogue s'emparait de moi. Ces jours-là, je partais me cacher et restais introuvable jusqu'à ce que tout fût terminé.

Le son d'un harmonica me parvenait à présent de la fenêtre ouverte d'une cuisine dans le voisinage. Quelques mesures d'une valse insignifiante et idiote que j'avais déjà entendue des milliers de fois – *Valse bleue* ou *Souvenir de Moscou**, son titre m'échappait. Comment se faisait-il que cette musique pût m'apaiser au point que toute la chape qui pesait sur moi jusque-là sembla soudain s'être envolée ? *Valse bleue :* c'était la musique funèbre qui convenait pour la mort d'un être humain. Là-bas, dans le pavillon, un homme gisait sur le sol, un homme qui n'était plus mon pareil, qui appartenait à un autre monde – un être étranger et incompréhensible. Mais où était ce frisson que nous inspirent la noblesse, le tragique, l'inconcevable et l'immuable ? *Valse bleue !* Un air de valse banal, voilà ce qui rythme la vie et la mort : nous arrivons et puis nous repartons. Ce qui nous bouleverse et nous terrasse se transforme en un sourire ironique sur le visage de l'esprit de l'univers pour lequel la souffrance et la mort de la créature ne sont rien d'autre qu'un phénomène qui se répète depuis la nuit des temps, à chaque heure du jour, et pour l'éternité.

Soudain, la musique cessa, et un silence profond régna pendant quelques minutes ; seules les gouttes de

* En français dans le texte.

pluie continuaient de tomber des branches d'érables sur la verrière de la serre. Puis l'harmonica reprit, et cette fois, il joua une marche. Quelque part dans les environs, j'entendis sonner une cloche.

Je comptai dix coups. Il est déjà si tard ! Et moi qui reste assis à écouter la musique d'un harmonica alors que là-bas Dina et son frère ont peut-être besoin de moi ! On est certainement en train de me chercher. Dina ne peut pas penser à tout !

Je songeai immédiatement aux démarches qu'il faudrait entreprendre. Dans ces cas-là, il faut avertir les autorités, appeler le médecin légiste, se mettre en rapport avec une entreprise de pompes funèbres – et moi, je reste là à écouter quelqu'un qui joue de la musique dans une cuisine ! Il faut alerter les journaux, les gazettes ; Dina ne peut pas penser à tout, c'est impossible. Nous sommes là pour cela. Il faut éviter que les journaux évoquent un suicide. Il faut prendre une voiture et faire la tournée des rédactions ! « Une mort subite, une disparition inattendue de l'artiste unanimement apprécié… Au sommet de son art… Une perte irremplaçable pour le théâtre allemand… Des milliers d'admirateurs… À la famille durement éprouvée… »

Et la direction du théâtre ! J'y pensai subitement. Mon Dieu ! Comment personne n'y avait-il réfléchi plus tôt ! Le programme de la semaine prochaine doit être modifié, voilà la chose la plus importante pour l'instant. Pourra-t-on joindre quelqu'un à la direction, un dimanche, à cette heure ?! Dix heures. Il faut les contacter immédiatement, ou mieux encore, je vais appeler le directeur lui-même. Comment n'y ai-je pas pensé plus tôt, moi, l'ami de la maison ! Mais à présent, il ne faut pas perdre une minute.

Je voulus me lever d'un bond et partir – une force s'était emparée de moi qui me poussait à faire tout le nécessaire et à prendre sur moi le poids des soucis. Il faut téléphoner, me dis-je une fois encore. Dans cinq minutes, il sera peut-être déjà trop tard. Plus personne à la direction du théâtre… *Richard III*, mardi… Finalement, je restai assis, indolent, las, mort de fatigue et incapable de mener à bien une seule de mes décisions.

Je suis malade, me dis-je à mi-voix en tentant une nouvelle fois de me lever. J'ai de la fièvre, j'en suis sûr. Rester dehors sans manteau ni chapeau dans l'air froid de la nuit, avec cette humidité, cette humidité ! Il y a de quoi attraper la mort. Et je sortis le journal de ma poche – je l'avais sur moi, Dieu sait pourquoi je l'avais emporté. Je le posai soigneusement sur le banc pour ne pas être contraint de m'asseoir dans l'humidité. Et soudain, j'entendis la voix de mon vieux médecin, je l'entendis me parler aussi distinctement que s'il avait été assis à côté de moi.

« Que m'apprend-on ? Nous sommes malade, baron ? On a eu une vie un peu mouvementée ces temps derniers, n'est-ce pas ? Bon. Gardez le lit quelque temps, deux ou trois jours peut-être. De toute façon, nous ne sommes pas pressé, nous n'allons rien rater. Couvrez-vous bien, n'est-ce pas, et buvez une tisane brûlante, cela ne peut pas vous faire de mal, et prenez du repos, encore du repos et toujours du repos ; pas de courrier, pas de journaux, pas de visites. Cela vous fera le plus grand bien, ah, comme cela vous fera du bien ! Bon. Nous allons donc gentiment obéir au vieux docteur – il dit cela pour votre bien – et rentrer à la maison tout de suite. Nous n'avons plus rien à faire ici. Nous sommes bien malade. De la fièvre, n'est-ce pas ? Donnez-moi votre pouls… »

Je levai docilement la main et me réveillai subitement de mon sommeil et de mon rêve : je me retrouvai seul sur le banc humide et froid. J'étais vraiment malade, secoué de frissons, claquant sauvagement des dents. Je voulais rentrer chez moi, sans prendre congé des autres, car on n'avait pas besoin de moi. Qui pouvait avoir besoin de moi ? Dina et Félix savaient bien ce qu'ils avaient à faire, et le docteur Gorski était là lui aussi. Je ne pouvais que les gêner.

Bonne nuit, jardin ! Bonne nuit, l'harmonica, compagnon à cette heure tardive. Bonne nuit, mon cher Eugen, pour l'éternité ! Je m'en vais, je te laisse seul, tu n'as plus besoin de moi.

Je me levai, harassé, trempé et transi. Je voulais partir et cherchai mon chapeau à tâtons dans le noir. Mais je ne le retrouvai pas, et j'étais incapable de me rappeler l'endroit où je l'avais laissé. En le cherchant sur la table de jardin, ma main heurta le livre qui traînait là, ouvert, depuis des jours ou même des semaines.

Étaient-ce mes doigts qui touchèrent les feuilles trempées de pluie ? Peut-être était-ce une bourrasque de vent qui, au moment où j'allais partir, fouetta mon visage ? Je ne sais pas comment c'est arrivé, mais je me sentis soudain enveloppé par la brise et le parfum d'une journée depuis longtemps tombée dans l'oubli. L'espace d'une seconde seulement, je la vis distinctement surgir devant moi, et je la reconnus. C'était une matinée d'automne, sur les collines, à l'extérieur de la ville ; le vent qui soufflait des champs nous apportait l'odeur des feuilles de pommes de terre fanées. Nous montions le sentier forestier, le versant verdoyant des collines s'élevait devant nous, le ciel bleu d'automne était limpide et froid, et de chaque côté du sentier poussaient des églantiers.

Pendant que nous marchions, Dina posa sa tête sur mon épaule, et le vent jouait dans les courtes boucles brunes qui lui tombaient sur le front. À un moment, nous nous arrêtâmes, et je récitai doucement quelques vers qui parlaient des feuilles rouges de l'automne et de la brume argentée qui enveloppait les collines.

Ensuite, cette vision disparut, s'évanouit aussi brusquement qu'elle était apparue. Mais un autre souvenir surgit alors en moi : une maison, très haut dans les montagnes, une nuit de Saint-Sylvestre, avec des congères partout et d'épaisses couches de neige sur le rebord des fenêtres – quel bonheur que l'aubergiste ait pensé à mettre dans ma chambre le petit poêle en fonte qui crépite, chauffé à blanc, et jette des étincelles ! Dehors, mon chien gratte à la porte ; il gémit et veut nous rejoindre à l'intérieur. « C'est Zamor, dis-je à mi-voix. Lui ne nous trahira pas. » Je m'arrache aux lèvres et à l'étreinte de Dina pour lui ouvrir, et l'espace d'un bref instant, un courant d'air froid s'engouffre dans la pièce. Nous entendons des verres qui s'entrechoquent et de la musique de danse.

Mais cette vision disparut à son tour ; il ne me resta plus alors que la sensation de froid et la musique qui me venait de la cuisine, dans le voisinage. Un désespoir féroce s'empara de moi et je ressentis une douleur lancinante : Dieu du ciel, comment avons-nous pu devenir aussi étrangers l'un à l'autre ? criait une voix au fond de moi. Est-il possible que ce qui un jour a uni deux êtres puisse disparaître ? Comment avons-nous pu rester assis aujourd'hui l'un en face de l'autre tels deux étrangers qui n'ont rien à se dire ? Comment a-t-elle pu échapper soudain à mon étreinte pour se serrer dans les bras d'un autre ? Et désormais, c'est moi qui suis dehors, qui gratte à la porte et qui gémis.

À cet instant, je pris soudain conscience que cet autre était mort ; et c'est alors seulement que je compris ce que signifiait ce mot : mort.

L'étonnement et la surprise s'emparèrent de moi en pensant au hasard qui m'avait fait venir dans cette maison précisément ce jour-là, à cette heure : j'avais répondu à l'appel du destin. Non ! Ce n'était pas un effet du hasard. C'est le destin qui en avait décidé ainsi, car il existe des lois immuables auxquelles nous devons nous soumettre.

Et maintenant que c'était arrivé, je voulais partir, m'enfuir sur la pointe des pieds, comme un voleur ? Comment cette idée avait-elle pu seulement m'effleurer ? Dina se trouvait là-haut, dans la pièce sombre, et attendait.

« C'est toi, Gottfried ? Tu es parti si longtemps…

— Je me suis levé, ma chérie, pour ouvrir la porte. C'est bien ce que tu voulais. Me voilà revenu… »

La lumière brûlait toujours dans le pavillon. J'attendais, caché derrière le tronc d'un marronnier.

La porte s'ouvrit, et j'entendis des voix. C'était Félix qui sortait. Il portait une lanterne à la main et se dirigeait lentement vers la maison.

Deux silhouettes le suivaient telles des ombres : Dina et le docteur Gorski.

Elle ne me vit pas.

« Dina », murmurai-je lorsqu'elle passa si près de moi que son bras faillit me frôler.

Elle s'arrêta et saisit la main du docteur Gorski.

« Dina », répétai-je.

Elle lâcha alors la main du docteur Gorski et fit un pas dans ma direction.

La lanterne glissa sur les marches du perron et disparut à l'intérieur. Pendant un moment encore, sa lumière me permit d'apercevoir la silhouette de Dina ; l'espace d'un instant encore, je pus voir l'ombre des arbres, des buissons et du lierre, puis le jardin sombra de nouveau dans l'obscurité.

« Vous êtes encore là ! fit la voix de Dina tout près de moi. Que faites-vous donc ? »

Quelque chose passa sur mon front, comme une main légère et chaude. Je tentai de la saisir, mais ce n'était qu'une feuille morte qui tombait du marronnier et virevoltait vers le sol.

« Je cherchais mon chien Zamor », dis-je doucement en espérant qu'elle comprendrait que je pensais au temps passé.

Long silence.

« Si vous avez ne serait-ce qu'une étincelle d'humanité en vous-même, fit la voix triste et douce de Dina, partez, partez immédiatement. »

VII

Je ne bougeai pas et la suivis du regard. Pendant plusieurs minutes, je n'eus que le son de sa voix si chère dans l'oreille, et je ne compris le sens de ses paroles que bien plus tard, lorsqu'elle eut disparu.

Sur le coup, je restai perplexe et profondément accablé, mais ensuite, une colère violente s'éveilla en moi. Je me rebellai, plein d'amertume, contre le sens de ses propos, car il me semblait que l'on voulait me faire subir un sort injuste. Devais-je partir, à présent ? Certes non ! Désormais, cela m'était impossible. La fièvre et la fatigue avaient disparu. Ils devront me donner des éclaircissements, grondait une voix au fond de moi, Félix et le docteur Gorski devront s'expliquer, il faut que je l'exige. Je n'ai rien fait, que je sache ! Mon Dieu, que lui ai-je donc fait ?

Certes, il est arrivé un malheur, un grand malheur qu'on aurait peut-être pu éviter. Mais pour l'amour du ciel, je n'en suis pas responsable, je n'y suis pour rien, pas moi ! On n'aurait pas dû le laisser seul ; pas une minute il n'aurait dû rester seul. D'ailleurs, je me demande bien comment il s'est procuré ce revolver. Et à présent, on voudrait me rendre responsable ? Je conçois qu'on puisse être injuste dans un moment pareil et que l'on ne mesure pas la portée de ses paroles. Mais c'est précisément pour cette raison que je dois rester. On me doit des explications. Il faut que je...

Soudain, une idée me traversa l'esprit, une idée qui me sembla évidente et qui donna à mon émotion quelque chose de ridicule. Il s'agissait bien sûr d'un malentendu, cela ne faisait aucun doute. J'avais mal compris les paroles de Dina ; elle avait voulu dire tout autre chose. Je devais rentrer chez moi parce que je ne pouvais pas me rendre utile ici, voilà ce qu'elle avait voulu dire, rien de plus. C'était clair. Clair comme de l'eau de roche. Il n'était dans l'intention de personne de me rendre responsable de quoi que ce fût. Mes nerfs irrités m'avaient joué un mauvais tour. Le docteur Gorski était témoin, de toute façon ; il avait tout entendu. J'étais résolu à l'attendre, et il pourrait me confirmer que tout cela n'était qu'un regrettable malentendu.

Cela ne peut pas durer bien longtemps, me dis-je. Je n'aurai pas longtemps à attendre. Félix et le docteur Gorski ne vont pas tarder à revenir, car on ne peut tout de même pas laisser le pauvre Eugen... Ils ne peuvent pas le laisser tout seul couché par terre jusqu'au matin.

Sans bruit, comme un voleur, je m'approchai de la fenêtre et jetai un coup d'œil dans la pièce. Il gisait toujours sur le sol, mais on l'avait recouvert d'un plaid écossais. Un jour, je l'avais vu dans le rôle de Macbeth, et immédiatement, les paroles de Lady Macbeth me revinrent en mémoire : *Here's the smell of blood still. All the perfumes of Arabia...*

À nouveau, je fus accablé par les frissons, la fatigue et les sueurs froides, mais je parvins à vaincre la fièvre et à la faire descendre. C'est insensé ! me dis-je. Ces vers ne conviennent vraiment pas à la situation. J'ouvris la porte d'un geste brusque et résolu et j'entrai, mais cette énergie céda la place sur-le-champ à une hésitation mêlée de crainte, car pour la première fois, je me retrouvais seul avec le mort.

Il gisait là, devant moi, sous la couverture, et l'on ne

pouvait voir que sa main droite, qui ne tenait plus le revolver. Quelqu'un l'avait ramassé et posé sur le guéridon qui se trouvait au milieu de la pièce. Lorsque je m'approchai pour regarder cette arme, je me rendis compte que je n'étais pas seul.

L'ingénieur était adossé au mur, derrière le bureau, et se penchait sur quelque chose que je ne voyais pas. On eût dit qu'il était plongé dans la contemplation d'un motif de la tapisserie, tant il semblait concentré. Lorsqu'il entendit le bruit de mes pas, il se retourna.

« C'est vous, baron ? Quelle tête faites-vous donc ? On dirait que cette affaire vous a sérieusement ébranlé. »

Il se tenait devant moi, l'air crâneur, les mains dans les poches de son pantalon, une cigarette aux lèvres. Une cigarette aux lèvres dans cette pièce où gisait un mort ! Il semblait être l'insouciance même.

« C'est la première fois que vous vous trouvez devant un cadavre, n'est-ce pas ? Heureusement pour vous, baron. Vous êtes un officier de la paix. J'ai su tout de suite que c'était vous. Vous avancez avec une telle prudence ! Ne craignez pas de marcher d'un pas plus ferme : vous ne risquez pas de le réveiller. »

Je gardai le silence. Avec une grande habileté, il lança sa cigarette dans le cendrier qui se trouvait sur le bureau, à quelques pas de lui, et en alluma immédiatement une autre.

« Je suis un Balte allemand, le saviez-vous ? reprit-il alors. Je suis né à Mitau et j'ai fait la guerre russo-japonaise.

— Tsou Shima ? » demandai-je.

Je ne sais pas pourquoi le nom de cette bataille navale me vint à l'esprit. Je pensais qu'il était ingénieur dans la marine ou quelque chose de ce genre.

« Non. Munho, répondit-il. En avez-vous déjà entendu parler ? »

Je fis non de la tête.

« Munho. Ce n'est pas une ville, c'est une rivière. Des eaux brunâtres qui serpentent entre les chaînes de collines. Il vaut mieux ne pas y penser. Un beau matin, ils étaient cinq cents ou plus – toute une chaîne de tirailleurs –, allongés l'un à côté de l'autre, les mains brûlées et les visages jaunes défigurés. C'était infernal, il n'y a pas d'autre mot.

— Des mines ? demandai-je.

— Du courant à haute tension. Le fruit de mon travail. Douze cents volts. Parfois, quand ce souvenir me revient, je me dis : que veux-tu, l'Asie orientale, à deux mille milles d'ici... Cinq années ont passé désormais, et tout ce que tu as vu là-bas n'est plus que cendre et poussière. Mais cela ne change rien. Un tel souvenir vous reste, on ne peut l'oublier. »

Il se tut et se mit à faire de superbes ronds de fumée. Tout ce qui avait trait d'une façon ou d'une autre au tabac relevait chez lui de l'art du jongleur.

« À présent, ils veulent abolir la guerre, reprit-il au bout d'un moment. Ils veulent abolir la guerre ! Qu'est-ce que cela changera ? On veut supprimer ça, là, dit-il en pointant son index sur le revolver, et tout ce qui y ressemble. Qu'est-ce que cela changera ? La vilenie humaine subsistera, et parmi toutes les armes de mort, c'est elle la plus meurtrière. »

Pourquoi me dit-il cela ? me demandai-je avec étonnement et inquiétude. Pourquoi me regarde-t-il d'un air aussi étrange ? Est-ce qu'il voudrait par hasard me rendre responsable de la mort d'Eugen Bischoff ?

« Il a choisi librement de mourir, dis-je à mi-voix.

— Tiens donc ! Librement ! s'écria l'ingénieur d'une

voix si virulente que je sursautai. En êtes-vous bien sûr ? Je vais vous dire une chose, baron : j'ai été le premier à pénétrer dans cette pièce. La porte était verrouillée de l'intérieur. J'ai dû briser la vitre de la fenêtre – les éclats de verre jonchent encore le sol. J'ai vu son visage. J'ai été le premier à voir son visage. Et je vous dis : l'horreur qui avait déformé les traits de ces cinq cents tirailleurs sur les rives de la Munho, de ces hommes qui couraient dans le noir vers le sommet de la colline en sachant qu'ils allaient toucher le câble l'instant d'après, cette expression d'horreur n'était rien en comparaison de celle que j'ai vue sur le visage d'Eugen Bischoff. Il a eu peur, une peur insensée de quelque chose qui nous est inconnu. Et c'est pour échapper à cette peur qu'il a eu recours au revolver. Il a choisi librement de mourir, dites-vous ? Non, baron. Eugen Bischoff a été acculé au suicide. »

Il souleva un peu la couverture qui recouvrait le mort et contempla ce visage figé.

« On dirait qu'on l'a poussé au suicide à coups de fouet », dit-il alors d'une voix dont l'émotion ne lui ressemblait guère.

Je me détournai. Je ne supportais pas ce spectacle.

« Donc, dis-je au bout d'un moment, la gorge nouée au point que j'avais du mal à parler, si je vous comprends bien, vous pensez qu'il a appris la nouvelle, qu'il en a entendu parler d'une façon ou d'une autre.

— Quelle nouvelle ? De quoi parlez-vous ?

— Vous savez probablement que la banque à laquelle il avait confié sa fortune a fait faillite.

— Ah bon ? Eh bien, voyez-vous, je ne le savais pas. C'est la première fois que j'en entends parler. Non, baron, la raison de son geste était différente. L'angoisse qui marquait les traits de son visage était d'une autre nature. Une histoire d'argent ? Non. Dans cette affaire, l'argent n'a joué aucun rôle. Vous auriez dû voir son visage ; c'est une chose que les mots ne peuvent exprimer. »

Il se tut pendant quelques instants.

« Lorsque je suis arrivé dans la pièce, poursuivit-il, il parvenait encore à parler. Il n'a prononcé que quelques mots, mais je les ai compris bien qu'il les eût plus soufflés que véritablement prononcés. C'étaient des mots très étranges. Évidemment, dans la bouche d'un mourant… »

Il se mit à aller et venir dans la pièce en hochant la tête.

« Des mots étranges. En fait, je le connaissais très peu. Nous savons peu de choses les uns des autres. Vous le connaissiez mieux que moi, ou du moins, depuis plus longtemps. Dites-moi : quel rapport entretenait-il avec la religion ? Je veux dire avec l'Église. Pensez-vous qu'il était croyant ?

— Croyant ? Il était superstitieux, comme la plupart des comédiens. Cette superstition s'exprimait dans les petites choses de la vie. Je n'ai jamais remarqué chez lui une piété au sens où l'entend l'Église.

— Et ce conte pour enfants crédules qu'il nous a raconté aurait donc été sa dernière pensée ? » demanda l'ingénieur en me regardant fixement.

Je ne dis rien, car je ne savais pas de quoi il parlait. Il n'attendait d'ailleurs probablement pas de réponse.

« *Never mind*, se dit-il à lui-même en esquissant un geste imperceptible de la main. Voilà encore une des choses que nous n'éclaircirons jamais. »

Il prit le revolver posé sur le guéridon et l'observa d'une façon qui prouvait qu'il pensait à autre chose. Puis il le reposa.

« Comment s'était-il procuré cette arme, au juste ? demandai-je. Lui appartenait-elle ? »

L'ingénieur sursauta.

« Ce revolver ? Oui, il était à lui. Félix affirme qu'il l'avait toujours sur lui. Quand il rentrait, tard le soir, il devait traverser des champs et des chantiers où traînait toute une racaille qui n'aime guère la lumière du jour. Il avait peur de faire des rencontres nocturnes. Voilà ce qui lui a été fatal : avoir sur lui ce revolver chargé. S'il avait sauté par la fenêtre, cela n'aurait pas été bien grave. Il s'en serait tiré tout au plus avec des ligaments distendus ou une petite entorse. »

Il ouvrit la fenêtre et regarda dehors. Il resta là quelques secondes, et le vent s'engouffra dans les rideaux. On entendait frissonner le feuillage des marronniers. Les papiers, sur le bureau, s'envolèrent, et une feuille morte qui s'était égarée dans la pièce glissa sans bruit sur le sol.

L'ingénieur referma la fenêtre et se tourna de nouveau vers moi.

« Ce n'était pas un lâche. Non, Dieu m'est témoin, ce n'était vraiment pas un lâche. Il n'a pas dû faciliter la tâche de son meurtrier.

— De son meurtrier ?

— Certainement, de son meurtrier. Il a été acculé au suicide. Voyez-vous, il était debout à cet endroit, et l'autre se tenait là-bas. »

Il tendit la main vers la portion de mur qu'il contemplait attentivement lorsque j'avais pénétré dans la pièce.

« Ils étaient face à face, dit-il lentement tout en me fixant des yeux. Ils se regardaient dans les yeux, comme pour un duel. »

Je frissonnai d'horreur en l'entendant parler de cette scène avec une telle assurance, comme s'il y avait assisté.

« Et qui, lui demandai-je avec angoisse en sentant de nouveau ma gorge se nouer, qui tenez-vous pour le meurtrier ? »

L'ingénieur me regarda, sans dire un mot, leva lentement les épaules et les laissa retomber.

« Vous êtes encore là ? fit une voix près de la porte. Pourquoi ne partez-vous pas ? »

Je sursautai et me retournai en un éclair. Le docteur Gorski se tenait dans l'embrasure de la porte, et son regard s'adressait à moi.

« Qu'attendez-vous pour partir ? Pour l'amour du ciel, disparaissez sur-le-champ ! »

Il était trop tard pour m'en aller. Désormais, il était vraiment trop tard.

Le frère de Dina apparut derrière lui. Il écarta le docteur Gorski et se planta devant moi.

Je le regardai droit dans les yeux – il ressemblait étonnamment à sa sœur en cet instant : le même ovale étrange du visage, la même expression résolue autour de la bouche.

« Vous êtes encore là ? dit-il sur un ton d'une courtoisie glaciale qui tranchait terriblement par rapport au cri passionné du docteur. Je ne m'y attendais pas, mais cela tombe bien : nous pourrons ainsi éclaircir cette affaire sur-le-champ. »

VIII

Je parvins à me ressaisir. Au moment où le frère de Dina avait pénétré dans la pièce, j'avais compris que ce jeune homme qui me faisait face était mon ennemi mortel. Il eût été inutile de partir, et je devais relever ce défi. Mais j'aurais été incapable en cet instant de dire quel en était l'enjeu. Je ne savais qu'une chose : il fallait que je reste et que j'affronte mon adversaire, quelle que fût l'issue.

Le docteur Gorski tenta d'empêcher à la dernière minute ce qui se préparait.

« Félix ! lui dit-il pour le rappeler à l'ordre en désignant d'un geste suppliant et plein de reproches le plaid écossais dont on avait recouvert le mort. Songez à l'endroit où vous vous trouvez ! Faut-il vraiment que cela se fasse maintenant, et de plus ici ?

— Cela vaut mieux, docteur, répondit Félix sans me quitter du regard. À quoi bon reporter la chose à plus tard ? Cela tombe vraiment bien que vous soyez encore ici, mon capitaine. »

Contrairement à son habitude, il m'avait appelé par mon grade militaire. Je savais ce que cela signifiait. Le docteur Gorski resta encore un moment planté entre nous, indécis, puis il haussa les épaules et se dirigea vers la porte afin de nous laisser seuls.

Mais Félix le retint.

« Je vous en prie, docteur, dit-il. Il est possible que nous nous retrouvions dans une situation où la présence d'une tierce personne pourrait s'avérer nécessaire. »

Le docteur Gorski sembla ne pas comprendre immédiatement le sens de cette remarque. Il me lança un regard embarrassé par lequel il semblait vouloir s'excuser d'être le témoin involontaire de cet entretien. Finalement, il s'assit sur le bord du bureau avec une mine qui signifiait qu'il était prêt à tout moment à quitter les lieux si quelqu'un en exprimait le désir. L'ingénieur, que personne n'avait invité à rester, interpréta cette attitude comme un signe qui l'autorisait à prendre place à son tour. Il s'empara de la seule chaise qui se trouvait dans la pièce, alluma sa cigarette d'une façon curieuse, en n'utilisant que deux doigts, et sembla considérer que la nécessité de sa présence en ces lieux ne pouvait être mise en doute par personne.

J'observai tout cela non sans intérêt, mais avec une certaine distance. J'étais parfaitement calme, désormais, et maître de mes nerfs, et j'attendais tranquillement de voir quelle tournure allaient prendre les événements. Mais pendant une minute entière, il ne se produisit rien. Félix était penché sur le cadavre d'Eugen Bischoff; je ne voyais pas son visage, mais il me sembla qu'il luttait contre une émotion intense, comme s'il était incapable de porter plus longtemps ce masque artificiel de tranquillité. L'espace d'un instant, je crus qu'il allait, sous l'empire de l'émotion, se jeter sur le mort, et que toute la scène se terminerait par cette manifestation de ses sentiments. Mais rien de tel ne se produisit. Il se redressa, se tourna vers moi, et son visage exprimait une grande maîtrise de soi. Je compris alors qu'il s'était contenté de remonter la couverture qui avait glissé à terre, pour recouvrir la tête du mort.

« Il ne nous reste malheureusement que peu de temps », dit-il alors, et dans sa voix, je ne perçus aucune agitation ni aucun émoi. « Dans une demi-heure environ, la commission d'enquête sera ici et j'aimerais avoir réglé notre affaire d'ici là.

— Nos désirs se rejoignent donc sur ce point, dis-je en lançant un regard à l'ingénieur. Je crois que le nombre de témoins suffit amplement puisque, à ce que je vois, ces deux messieurs ont la bonté de rester à notre disposition pour cet entretien. »

Le docteur Gorski gigota sur le coin du bureau, mais l'ingénieur eut l'impudence d'approuver mes propos d'un hochement de tête.

« Solgrub et le docteur Gorski sont mes amis, remarqua Félix. J'attache une grande importance à ce qu'ils puissent se faire une idée aussi précise que possible de la situation, et je ne leur cacherai aucune des circonstances qui la concernent. Ni même le fait, mon capitaine, que Dina a été votre maîtresse il y a quatre ans. »

Je sursautai. Je ne m'attendais pas à cela. Mais ma consternation ne dura pas longtemps, et quelques secondes plus tard, j'avais pesé chacun des mots de ma réponse.

« Quand je vous ai permis d'avoir avec moi cet entretien, dis-je, je m'attendais à des attaques, mais je ne pensais pas que vous vous retourneriez contre une femme que j'admire. Je n'ai pas l'intention de tolérer cela. Je me vois contraint de vous prier de retirer l'expression que vous venez d'utiliser et…

— De la retirer ? Mais à quoi bon, mon capitaine ? Elle correspond en tout point – je puis vous l'assurer – à la façon de voir de Dina.

— Dois-je comprendre que votre sœur vous a chargé de la représenter ?

— Absolument, mon capitaine.

— Dans ce cas, poursuivez, je vous prie. »

Un sourire de satisfaction qui exprimait toute son assurance passa sur son visage juvénile, car cette première phase avait été complètement à son avantage. Mais son sourire disparut aussitôt, et il poursuivit sur le même ton courtois, presque obligeant.

« Cette liaison, sur la nature de laquelle nous sommes désormais d'accord, dura à peine six mois. Elle prit fin lorsque vous avez éprouvé l'envie de faire un voyage au Japon. Je dis qu'elle a pris fin, bien que pour votre part, vous ayez probablement considéré cette issue comme provisoire...

— Ma destination n'était pas le Japon, mais le Tonkin et le Cambodge, objectai-je. Et je n'ai pas entrepris ce voyage pour mon plaisir, mais pour le compte du ministère de l'Agriculture », et cette rectification d'affirmations sans la moindre importance cachait un étonnement sans bornes sur la légèreté avec laquelle il passait si facilement et avec autant d'indifférence sur le fait que sa sœur eût été ma maîtresse. Où veut-il en venir ? me demandais-je. S'il veut à toute force obtenir réparation, je suis là, je suis prêt – pourquoi n'en profite-t-il pas ? Quelles sont ses intentions ? Un sentiment de crainte m'envahit, j'eus l'intuition d'un danger à venir et qui m'était inconnu, et cette crainte ne me lâcha plus.

« Au Tonkin et au Cambodge, donc », reprit Félix, et sa main bandée exécuta un geste d'excuse à peine perceptible. « La destination de votre voyage ne change rien à l'affaire. Mais lorsque vous êtes rentré, au bout d'un an environ, un changement auquel vous n'étiez pas préparé vous attendait : vous avez trouvé Dina mariée à un autre, et il vous a fallu vous rendre à l'évidence que vous étiez devenu un étranger pour elle. »

C'était vrai, les choses s'étaient bien déroulées ainsi.

Et tandis qu'il parlait, l'ancienne souffrance, la colère ardente qu'avait suscitée en moi cette déception et en même temps un sentiment nouveau qui m'avait été étranger jusqu'alors montèrent impétueusement en moi : la haine que j'éprouvais pour ce gamin planté devant moi qui touchait du doigt des choses que je gardais cachées au plus profond de moi-même. Étais-je là pour me justifier devant lui ? Devais-je le laisser dévoiler devant les regards curieux de personnes étrangères ce qui avait été mon secret des années durant ? Un cri retentit au fond de moi : cela suffit ! Et je voulus me jeter sur lui pour mettre un terme à cette scène pénible. Mais il y avait ma peur, cette peur qui était revenue, cette crainte d'une chose indéterminée dont je sentais la proximité menaçante, et cette peur me paralysa, m'empêcha d'agir et pesa sur moi, de tout le poids d'un cauchemar.

Le frère de Dina continuait de parler d'une voix totalement neutre, et je dus l'écouter.

« Vous ne parveniez apparemment pas à supporter l'idée qu'une femme que vous croyiez avoir liée à vous irrémédiablement se fût détachée. Vous veniez de connaître votre première défaite et vous vous sentiez mis au défi. Reconquérir Dina, tel fut dès lors le but ultime de votre vie. Tout ce que vous avez entrepris depuis, même les actes apparemment les plus insignifiants, les plus dérisoires, ne poursuivaient plus désormais que ce seul but. »

Il fit une pause, peut-être pour me laisser le temps de faire une remarque, une objection. Mais je ne dis rien, et il reprit donc :

« Je vous ai observé pendant une longue période ; des années durant, je vous ai épié avec un intérêt mêlé de curiosité, comme s'il ne s'était agi que d'une activité sportive ou une partie d'échecs passionnante, comme si l'enjeu était la coupe due au vainqueur d'une course et non le bonheur de ma sœur. Je vous voyais vous approcher peu à peu par des chemins étranges, je vous voyais franchir des obstacles ou les contourner, je vous voyais faire des cercles toujours plus resserrés autour de cette maison. Vous vous êtes arrangé pour qu'on vous appelle, et un beau jour, vous étiez là, entre Dina et son époux. »

Nous y étions. Le moment fatidique était proche. Je sentis mes mains trembler d'impatience et de nervosité ; je ne parvenais plus à respirer, tant j'étais oppressé par le silence qui régnait dans la pièce. Je fus soulagé quand Félix reprit enfin la parole.

« Aujourd'hui, mon capitaine, je peux bien vous dire que je n'ai jamais nourri le moindre doute quant à l'issue de ce combat. Vous étiez le plus fort, car vous poursuiviez un seul et même but ; tout le reste, tout ce qui pouvait exister dans votre vie, disparaissait derrière lui, et cela vous rendait invincible. Pour moi, il était clair que ce couple allait à sa ruine parce que vous en aviez décidé ainsi. »

Il fit à nouveau une pause, et mon angoisse devint insupportable. Une demi-minute environ s'écoula ; mon regard glissa vers le docteur Gorski – appuyé contre le bureau dans une attitude qui trahissait une grande nervosité ; son visage exprimait une perplexité totale : je ne pouvais donc m'attendre à aucune aide de sa part, je le voyais bien. L'ingénieur, enveloppé dans un nuage de fumée de cigarette, était assis dans son fauteuil et contemplait le bout de ses doigts d'un air ennuyé, comme s'il avait eu l'esprit ailleurs.

« Tout cela est passé, désormais, remarqua Félix en brisant ce silence cruel. Vous avez perdu la partie, baron. L'erreur qui vous a été fatale... Comprenez-vous ce que je veux dire ? Jamais Dina ne tolérera un seul instant la présence auprès d'elle de l'homme qui a la mort de son époux sur la conscience. »

C'était donc cela. J'avais entrevu sur son visage l'expression d'une menace qui m'avait fait trembler, mais à présent que ce mot avait été prononcé, il me sembla soudain ridicule et absurde. Je retrouvai toute mon assurance, et mon angoisse s'était envolée : je faisais face à un adversaire qui avait tiré et manqué sa cible. À présent, c'était à mon tour de tirer : j'étais maître de la suite des événements. Je me sentis tout à coup terriblement supérieur à ce gamin qui avait osé me défier. À présent, j'étais le plus fort, et je savais comment il me fallait agir.

Je m'approchai tout près de lui et le regardai droit dans les yeux :

« J'espère que vous ne pensez pas sérieusement m'imputer la responsabilité de ce triste événement, à moi ou à qui que ce soit d'autre », dis-je.

Mon attitude eut l'effet escompté. Il ne soutint pas mon regard, se troubla et fit un pas en arrière.

« Vous me voyez surpris, capitaine, répondit-il. Je m'attendais à tout sauf à vous voir tenter de nier votre acte. Pour parler très franchement, je ne comprends pas votre comportement. Ne craignez-vous donc pas que cette tentative puisse être mal interprétée ? Je n'avais pourtant jamais eu l'occasion de constater que vous manquiez de courage.

— Abandonnons pour l'instant la question de mon courage personnel, dis-je sur un ton qui ne pouvait laisser aucun doute quant à mes intentions futures. Ayez la bonté de me dire quel rôle, selon vous, j'ai joué dans cette affaire. »

Sa confusion n'était pas feinte, mais il reprit peu à peu son assurance.

« J'espérais que vous m'épargneriez cela, dit-il. Vous insistez, fort bien. Je serai bref : vous aviez appris, je ne sais par quel moyen, que mon beau-frère avait confié ses économies et également la petite fortune de ma sœur à la banque Bergstein dont les journaux ont aujourd'hui annoncé la faillite. Vous saviez par ailleurs, ou vous aviez eu l'intuition que Dina était résolue à cacher le plus longtemps possible cette catastrophe à son mari. Ces deux indications se sont transformées entre vos mains en une arme redoutable. Au cours de l'après-midi, vous avez tenté à plusieurs reprises d'aborder ce sujet d'une façon ou d'une autre. Vous avez plusieurs fois braqué votre arme sur Eugen pour l'abaisser de nouveau quand vous vous sentiez observé par Dina ou par moi. L'occasion n'était pas propice et vous en attendiez une meilleure. Dois-je poursuivre ? Quand Eugen quitta la pièce, vous l'avez suivi jusqu'ici. Vous vous êtes alors enfin retrouvé seul avec lui ; il n'y avait plus personne qui fût susceptible de l'aider. Vous lui avez annoncé sans ménagement ce que nous lui avions caché. Puis vous l'avez laissé seul, et deux minutes plus tard, le coup partit, comme vous l'aviez prévu. La partie a été facile pour vous, vous saviez qu'il ne croyait plus depuis longtemps ni en lui-même ni en son avenir.

— Deux coups ont été tirés », dit soudain l'ingénieur, mais personne ne l'écouta.

Le moment me sembla venu de mettre un terme à cette explication.

« Est-ce tout ? » demandai-je.

Félix ne répondit pas.

« Avez-vous également fait part de vos réflexions à madame Dina ?

— J'en ai parlé avec ma sœur.

— Madame Dina sera la première personne à qui vous allez expliquer que votre supposition était erronée, et ce aujourd'hui même, s'il vous plaît. Je suis totalement étranger à cette affaire. Je n'ai pas parlé avec Eugen Bischoff. Je n'ai pas mis les pieds dans cette pièce.

— Vous n'avez pas mis… Non, Dina n'est plus ici. Nous l'avons conduite chez mes parents il y a une demi-heure. Vous dites que vous n'avez pas mis les pieds dans cette pièce ?

— J'en donne ma parole.

— Votre parole d'officier ?

— Ma parole d'honneur.

— Votre parole d'honneur », répéta Félix lentement. Il était debout devant moi, le corps légèrement penché en avant, et hocha deux ou trois fois la tête. Puis son attitude changea brusquement. Il se redressa, s'étira comme un homme qui vient d'achever un labeur pénible et fatigant. Un sourire passa sur ses lèvres serrées, l'espace d'une seconde seulement, avant de disparaître à nouveau.

« Votre parole d'honneur, répéta-t-il. Voilà qui crée évidemment une situation nouvelle. Votre parole d'honneur simplifie considérablement les choses. Accordez-moi votre attention pendant encore quelques instants, je vous prie. Le visiteur inconnu a en effet oublié quelque chose dans cette pièce, un objet sans grande valeur dont il n'a peut-être même pas encore remarqué la disparition. Tenez, regardez ceci. »

Il tenait dans sa main bandée un objet brunâtre et brillant. Je m'approchai, sans le reconnaître immédiatement, puis je plongeai la main dans ma poche, horrifié, cherchant ma petite pipe anglaise que j'avais toujours sur moi. Ma poche était vide.

« Elle était posée sur la table, poursuivit Félix. Elle s'y trouvait lorsque nous sommes arrivés, le docteur Gorski et moi-même. Attention, docteur ! »

Tout se mit à chavirer autour de moi. Un voile noir se posa sur mes yeux. Une vision, comme un souvenir depuis longtemps oublié, surgit au fond de moi, vestige d'un passé lointain. Je me vis marcher sur l'allée de gravier, traverser le jardin en passant à côté des fuchsias. Où allais-je ? Qu'allais-je chercher dans le pavillon ? La porte grinça quand je l'ouvris. Eugen Bischoff pâlit en entendant les premiers mots si graves que je murmurai ; il fixa le journal, se leva d'un bond pour se laisser retomber immédiatement sur son fauteuil ! Et ce regard apeuré qui me suivit lorsque je quittai le pavillon en refermant doucement la porte grinçante derrière moi. Il y avait de la lumière sur la terrasse. C'était Dina. Il fallait que je monte la rejoindre. Mais tout à coup, un cri… Un coup de feu ! C'est la mort qui est debout, là en bas, et c'est moi – oui, moi ! – qui l'ai appelée.

« Attention, docteur, il va tomber ! » fit une voix.

Non. Je ne tombai pas. J'ouvris les yeux et me retrouvai assis sur le fauteuil. Félix était planté devant moi.

« Cette pipe vous appartient, n'est-ce pas ? »

Je fis oui de la tête. La main bandée de blanc s'abaissa lentement.

Je me levai.

« Vous voulez partir, baron ? dit Félix. Enfin, l'affaire est réglée, et je ne veux pas abuser de votre temps. La parole d'honneur d'un officier n'est pas une chose sur laquelle nous ayons des divergences. Et comme nous n'aurons probablement plus l'occasion de nous rencontrer, je voudrais simplement vous dire que je n'ai en fait jamais éprouvé la moindre animosité à votre endroit – pas même aujourd'hui. J'ai toujours été bien disposé à votre égard, baron. J'éprouvais une étrange attirance pour vous. De la sympathie ? Non, le mot ne serait pas juste. C'était plutôt... Je suis vraiment le frère de ma sœur. Vous êtes en droit de me demander pourquoi, malgré les sentiments que je vous porte, je vous ai mis dans cette situation où il n'y a pour vous, au point où en sont les choses, qu'une seule issue. Enfin, on peut bien être fasciné par un chat sauvage ou une martre, on peut être séduit par la démarche et les mouvements de cette créature, par la témérité avec laquelle elle bondit, et l'abattre de sang-froid tout simplement parce que c'est un prédateur. Il ne me reste plus qu'à vous assurer que vous n'êtes absolument pas tenu de mettre à exécution dans les vingt-quatre heures les décisions que vous avez sans nul doute déjà prises. Le jury d'honneur de votre régiment ne sera pas saisi de votre cas avant la fin de cette semaine, si toutefois une telle démarche devait encore s'avérer nécessaire. Voilà ce que je voulais vous dire. »

J'entendis tout cela, mais mes pensées allaient à la gueule sombre du revolver qui se trouvait sur la table. Je vis ses deux grands yeux ronds fixer les miens et s'approcher toujours plus près. Elle grandissait sans cesse, envahit tout l'espace, et finalement, je ne vis plus qu'elle.

« Tu es injuste avec le baron, Félix, fit soudain la voix de l'ingénieur. Il est aussi étranger à ce meurtre que toi et moi. »

IX

Je ne me souviens que vaguement de l'instant où je retrouvai mes esprits. Je m'entendis pousser un profond soupir, et ce fut là le premier son qui brisa le silence de la pièce. Puis je ressentis un léger bourdonnement dans la tête – ce n'était pas vraiment une douleur, simplement une gêne qui disparut rapidement.

La première réaction dont j'ai gardé le souvenir fut celle de l'étonnement. Une question me traversa l'esprit : où suis-je ? Qu'est-ce que je viens de vivre ? Quelle folie s'est emparée de moi ? À cela s'ajouta ensuite un sentiment d'anxiété.

Comment est-ce possible ? me demandai-je, inquiet et surpris. Je me suis vu entrer dans cette pièce, je me suis entendu murmurer des paroles que mes lèvres n'ont jamais prononcées ! Moi, oui moi, j'ai cru à ma culpabilité ! Comment est-ce possible ? J'ai été abusé par une illusion des sens, par un rêve éveillé ! Une volonté étrangère a tenté de me contraindre à assumer un acte que je n'ai pas commis. Non, je ne suis pas venu ici ! Je n'ai pas parlé avec Eugen Bischoff ! Je ne suis pas un assassin ! Tout cela n'a été qu'un rêve, un délire tout droit sorti de l'enfer et que je renvoie à présent là d'où il vient…

Je poussai un soupir de soulagement. Je m'étais défendu, je n'avais pas capitulé, et le pouvoir inexplicable qui avait pesé sur moi de tout son poids était brisé. En moi et autour de moi, tout avait changé ; j'appartenais de nouveau à la réalité.

Je levai alors les yeux et vis Félix, dressé de toute sa taille devant moi. Sa bouche avait encore cette expression d'animosité et de dureté que je lui avais vue. Il semblait résolu à ne pas se laisser frustrer de sa victoire et fit immédiatement front contre l'ingénieur comme s'il luttait contre un ennemi nouveau et dangereux. Les sourcils froncés, il lui lança un regard noir et semblait prêt à l'attaquer lui aussi. Il leva sa main enveloppée de bandages blancs, exprimant par ce geste toute sa surprise et sa colère.

L'ingénieur ne se laissa pas impressionner et le rappela à l'ordre.

« Du calme, Félix ! Je sais parfaitement ce que je dis. J'ai bien réfléchi au problème et je suis arrivé à la conviction que monsieur le baron est exempt de toute culpabilité. Tu as été injuste avec lui. J'exige que tu m'écoutes, rien de plus. »

L'assurance avec laquelle il parlait eut un effet apaisant sur mes nerfs. Ce sentiment de libération, le souvenir de ce poids insupportable qui m'oppressait encore quelques instants auparavant avait désormais disparu. Le fait qu'on pût m'accuser sérieusement d'un meurtre me semblait à présent tout à fait aberrant et absurde. Tout ce que je ressentais, alors qu'un peu de lumière commençait à éclairer les choses, c'était une sorte de tension telle qu'on peut la ressentir quand on est totalement étranger à une affaire, rien d'autre. Comment pourra-t-on débrouiller cette affaire ? me demandai-je. Qui a poussé Eugen Bischoff à se suicider ? Qui porte cette lourde culpabilité ? Et ma pipe, ce témoin muet, par quel enchaînement des choses est-elle parvenue jusque dans cette pièce, sur cette table ? Qui accuse-t-elle ?

Voilà ce que je voulais savoir, ce qu'il me fallait

découvrir, et sans que je m'en rende compte, mes yeux s'accrochèrent à l'ingénieur, comme si lui connaissait le chemin qui nous ferait sortir de cet enchevêtrement d'énigmes.

Je ne sais pas quel sentiment l'emportait en cet instant chez mon adversaire – était-ce l'indignation, l'impatience, l'irritation, le dépit ou la déception ? Quels que fussent les sentiments qui l'agitaient, il parvenait à présent fort bien à les dissimuler. Son visage avait retrouvé son expression courtoise et affable, et le mouvement impérieux de sa main se transforma peu à peu en un geste plus mesuré invitant l'ingénieur à poursuivre.

« Je suis impatient de savoir, Waldemar, dit-il. Parle ! Mais, n'est-ce pas, tu sauras être bref, car je crois entendre la voiture des enquêteurs. »

Effectivement, des coups d'avertisseur retentirent dans la rue, mais l'ingénieur n'y prêta pas attention. Lorsqu'il se mit à parler, j'eus conscience à nouveau pendant un court instant qu'il était question de moi, de la parole que j'avais donnée, de mon honneur, de ma vie. Mais au bout de quelques instants, je retrouvai cette sensation de calme et de confiance, le sentiment d'être totalement hors jeu : à présent, tout allait trouver une explication naturelle. L'idée que ce soupçon abominable pût continuer de peser sur moi me sembla alors inconcevable.

« Donc, reprit l'ingénieur, lorsque les coups de feu ont été tirés, le baron von Yosch se trouvait dans la maison, à l'étage – tu le sais, n'est-ce pas ? Il était sur la terrasse et parlait avec ta sœur. C'est de là que nous devons partir.

— C'est possible », répondit Félix d'une voix indifférente, comme quand on parle d'une banalité.

Il épiait toujours les bruits de l'extérieur, mais les coups d'avertisseur s'étaient perdus dans le lointain.

« C'est un point qu'il nous faut retenir, car il est important, poursuivit l'ingénieur. En effet, j'ai toutes les raisons de croire que l'étranger, le visiteur inconnu d'Eugen Bischoff, se trouvait encore dans la pièce lorsque les deux coups de feu ont été tirés.

— Les deux coups de feu ? Je n'en ai entendu qu'un seul.

— Il y en a eu deux. Je n'ai pas encore examiné le revolver, mais l'avenir montrera que j'ai raison. »

Il s'approcha du mur et montra les fleurs bleu pâle et les arabesques du papier peint.

« Voici l'endroit où le projectile est entré, Félix. Il a tiré une fois sur son agresseur et a retourné l'arme contre lui immédiatement après. Voilà les faits. Au moment critique, le baron se trouvait sur la terrasse. Il est donc hors de cause et nous devrons l'exclure du champ de nos investigations quand nous rechercherons le visiteur inconnu, c'est certain. »

Le docteur Gorski se pencha sur l'impact que la balle avait laissé dans le papier peint et chercha le projectile avec la pointe de son canif. J'entendis le plâtre qui s'effritait. Félix guettait toujours les bruits qui venaient de la rue.

« Est-ce vraiment si certain ? demanda-t-il au bout d'un moment sans tourner la tête. Peux-tu me dire comment ce visiteur inconnu s'est introduit dans le jardin ? Personne ne l'a vu arriver, personne n'a entendu la sonnette. Je sais d'avance ce que tu vas me répondre : ton inconnu possédait un double des clefs de la porte du jardin, c'est bien cela ? »

L'ingénieur leva la tête.

« Non. Je penche plutôt pour une autre explication :

il attendait Eugen Bischoff depuis longtemps, probablement depuis plusieurs heures, ici, dans le pavillon.

— Ah bon ! Peux-tu dans ce cas m'expliquer par ailleurs comment il a quitté les lieux ? Tu affirmes qu'il était encore ici lorsque le premier coup de feu est parti. Mais une seconde seulement s'est écoulée entre les deux détonations, et quand nous sommes arrivés, la porte était verrouillée de l'intérieur.

— J'ai longuement réfléchi à cela, dit l'ingénieur sans montrer le moindre embarras. Les fenêtres étaient fermées elles aussi. Je te concède volontiers que c'est un point faible de mes réflexions – le seul, jusqu'à présent, qui puisse constituer une charge contre le baron.

— Le seul ! s'écria Félix. Et sa pipe ? Qui a apporté ici cette pipe anglaise ? Ton visiteur énigmatique, peut-être ? Ou bien était-ce Eugen lui-même ?

— En tout cas, je n'écarterais pas d'emblée la deuxième possibilité », répondit l'ingénieur.

Félix avait une réponse de poids sur le bout de la langue, mais le docteur Gorski, qui écoutait en silence cet échange, le devança.

« J'hésite, dit-il. Je peux certes me tromper, mais il me semble bien que j'ai vu cette pipe entre les mains d'Eugen Bischoff. Cela dit, je peux me tromper...

— Vraiment, docteur ? rétorqua Félix. Vous souvenez-vous l'avoir jamais vu fumer ? Non, docteur, mon beau-frère ne fumait pas ; il avait le tabac en horreur et...

— Je ne prétends pas du tout qu'il ait eu l'intention de fumer, objecta le docteur. Peut-être a-t-il emporté cette pipe sans y penser, parce qu'il la tenait justement à la main. Voyez-vous, je suis moi-même tellement distrait qu'il m'est déjà arrivé de me retrouver dans la rue avec de grands ciseaux à papier dans la main, et si je n'avais pas croisé des amis...

— Non, docteur, il faudra bien que vous vous donniez la peine de trouver des explications plus plausibles. Lorsque je suis entré ici, il y avait encore de la braise dans la pipe et tenez, regardez là-bas, il reste une demi-douzaine d'allumettes brûlées sur le sol. Il y a quelqu'un qui a fumé cette pipe. »

Le docteur Gorski ne sut pas quoi répondre. Les propos qui venaient d'être tenus eurent sur l'ingénieur un effet qu'il n'est pas aisé de décrire.

Il se leva d'un bond, pâlit, nous regarda l'un après l'autre, puis se mit à crier : « Il y avait encore de la braise dans la pipe ! Mais bien sûr ! Ne te souviens-tu pas, Félix ? Une cigarette allumée était posée sur le bord du bureau ! »

Aucun de nous ne voyait où ses pensées l'avaient conduit. À cause sans doute de son émotion, il s'était exprimé avec un accent slave prononcé ; c'est ce qui me frappa le plus. Nous étions étonnés de le voir devant nous dans cet état, blême, hors de lui, bouleversé presque, ne parvenant pas même à parler, à s'expliquer ; il bredouillait, luttant contre un accès de colère suscité par le fait que nous n'avions pas compris sur-le-champ ce qu'il tentait de nous dire.

Félix hocha la tête.

« Il faut t'exprimer plus clairement, Waldemar. Je n'ai pas saisi un traître mot de ce que tu as dit.

— Et c'est moi qui suis entré le premier dans cette pièce ! cria l'ingénieur. M'exprimer plus clairement ? Comme si ce n'était pas déjà assez clair ! Il s'est enfermé à clef, a verrouillé la porte, tout comme Eugen Bischoff, et ensuite, quand la logeuse est entrée, elle a trouvé une cigarette allumée sur son bureau. Est-ce que tu ne me comprends vraiment pas ou est-ce que tu ne veux pas me comprendre ? »

Je sus enfin ce dont il parlait. J'avais oublié le mystérieux suicide de ce lieutenant de la marine qui avait été l'ami d'Eugen Bischoff. Je pris conscience avec un frisson d'horreur de la similitude des deux tragédies. L'intuition confuse et effrayante qu'une corrélation pût exister entre ces deux événements se fit jour en moi pour la première fois.

« Ce sont les mêmes circonstances extérieures et le même déroulement, dit l'ingénieur en se passant la main sur son front plissé. Le déroulement est presque identique, et de plus, je constate dans les trois cas l'absence de tout mobile apparent.

— Quelles conclusions en tires-tu ? lui demanda Félix, gagné par la consternation et le doute.

— En premier lieu, que le baron est exempt de toute culpabilité. Est-ce que tu l'admets enfin ?

— Et qui est le coupable, dans ce cas, Waldemar ? »

L'ingénieur posa un long regard sur le corps recouvert du plaid qui gisait sur le sol. Il baissa la voix, comme sous l'effet d'une vision étrange, et dit tout bas, presque dans un murmure :

« Quand il nous a raconté la destinée de son ami, il était peut-être à deux pas de la solution. Il en avait l'intuition en quittant la pièce, et c'est pour cette raison qu'il était si agité. Il était hors de lui – ne te souviens-tu pas ?

— Eh bien, continue !

— Ce jeune officier s'est donné la mort en découvrant la cause du suicide de son frère. Eugen avait lui aussi deviné le secret. Peut-être était-ce la raison pour laquelle il a dû mourir… »

La sonnette du portail, dans le jardin, brisa le silence.

Le docteur Gorski ouvrit la porte et jeta un coup d'œil à l'extérieur. Nous entendîmes des voix.

Félix leva la tête. L'expression de son visage avait changé. Il avait retrouvé son air supérieur et distant.

« Les enquêteurs, dit-il d'un ton tout différent. Waldemar, tu ne te rends manifestement pas compte que tu t'es égaré dans des régions qui relèvent du fantastique. Non, tes théories sont rien moins que convaincantes. Vous m'excuserez, à présent, j'aimerais m'entretenir seul avec ces messieurs. »

Il s'avança vers le docteur Gorski et lui serra la main avec effusion.

« Bonne nuit, docteur. Je n'oublierai jamais ce que vous avez fait aujourd'hui pour Dina et pour moi. Qu'aurions-nous pu entreprendre sans vous ? Vous avez pensé à tout et gardé la tête froide, docteur. »

Il m'effleura alors du regard.

« Je suppose qu'il n'est pas nécessaire de vous assurer que tout cela n'a rien changé à l'affaire. Je pense que nous nous en tiendrons à ce que nous avons décidé, n'est-ce pas ? »

Je m'inclinai sans un mot.

X

J'aurai tôt fait de raconter ce qui se passa ensuite dans la villa d'Eugen Bischoff.

En traversant le jardin, nous croisâmes les enquêteurs – trois messieurs en civil. L'un d'eux avait un porte-documents et une serviette de cuir. Le jardinier sourd marchait devant eux et les éclairait de sa lanterne. Nous nous écartâmes pour les laisser passer, et un monsieur âgé au visage joufflu et à la barbichette grise – nous apprîmes plus tard qu'il s'agissait du médecin légiste du district – s'arrêta et échangea quelques mots avec le docteur Gorski.

« Bonsoir, mon cher confrère, dit-il en pressant un mouchoir sur sa bouche. Il fait un peu frais pour la saison. Avez-vous été convoqué ?

— Non, je me trouvais là par hasard.

— De quoi s'agit-il exactement ? Nous ne savons rien encore.

— Je préfère ne pas préjuger de vos propres constatations », répondit le docteur, en tentant d'éluder la question, et je n'entendis pas la suite de la conversation car j'avais poursuivi mon chemin.

Personne ne semblait avoir pénétré dans la salle de musique depuis que je l'avais quittée. Le fauteuil renversé barrait toujours la porte d'entrée. Je trouvai mes partitions éparpillées sur le sol, et le châle de Dina posé sur le dossier d'une chaise.

Le vent froid et humide de la nuit entrait par la fenêtre, et je reboutonnai ma veste en frissonnant. Tandis que je me baissais pour ramasser mes partitions, mon regard tomba sur l'une d'elles qui portait le titre : trio en si mineur, op. 8. Il me sembla que nous venions à peine de terminer le scherzo – j'entendais encore les derniers accords du piano et l'ultime note du violoncelle, qui s'étire en un point d'orgue sans fin. Une vision agréable me berça de l'illusion que nous nous trouvions encore tous autour de la table du thé : rien ne s'était passé, l'ingénieur faisait des ronds de fumée bleutée ; j'entendais la respiration régulière de Dina, près du piano ; Eugen Bischoff allait et venait lentement, et son ombre glissait sans bruit sur le tapis.

Soudain, quelqu'un claqua une porte, ce qui me fit sursauter. J'entendis des éclats de voix dans l'entrée. Quelqu'un prononça mon nom. C'étaient l'ingénieur et le docteur qui parlaient de moi. Ils semblaient penser que j'avais quitté la maison depuis longtemps.

« Je le crois capable de tout, fit la voix du docteur d'un ton très décidé. De tous les actes de violence, de toutes les perfidies... Dieu du ciel, il est déjà dix heures et demie. Je le crois même capable d'un meurtre. Ce ne serait d'ailleurs pas le premier qu'il commettrait. Mais manquer à sa parole ? Non.

— Ce ne serait pas son premier meurtre ? demanda l'ingénieur. Qu'entendez-vous par là ?

— Mon Dieu ! C'est un officier de cavalerie. Voudriez-vous par hasard que je vous expose mes conceptions sur le duel, ici, dans ces courants d'air ? Il est parfois d'une rudesse qui peut aller jusqu'à la brutalité, j'en sais quelque chose. Votre manteau est accroché là-bas. Il aime les animaux – un cheval de selle, par exemple, ou un chien –, mais la vie d'un être humain qui le gêne n'a pas grande valeur à ses yeux, croyez-moi.

— Il me semble, docteur, que votre jugement s'égare totalement. L'impression…

— Écoutez, je le connais depuis… Attendez un peu… Cela fait quinze ans.

— Mais je connais un peu les hommes, moi aussi. Il ne m'a vraiment pas fait l'impression d'être une brute. Au contraire, il m'a semblé que c'était un être très sensible qui ne vit que dans l'univers de la musique, un homme timide…

— Mon cher ami, qui d'entre nous peut-on définir aussi facilement ? On ne vient pas à bout du caractère d'un homme avec quelques formules à l'emporte-pièce. Le caractère humain n'est pas une chose aussi simple que vos bobines de fil vert, par exemple, qui sont de pôle positif ou négatif. Il est bien possible qu'il soit sensible, hypersensible même ; il est également timide, c'est vrai. Mais à côté de cela, il reste encore beaucoup de place, croyez-moi ! »

J'étais penché vers le sol, une partition à la main, et je n'osai pas bouger, car la porte était entrouverte, et le moindre mouvement aurait pu trahir ma présence. Toutes ces interprétations ne m'intéressaient pas, et je n'espérais plus qu'une chose : que les deux hommes quittent enfin la maison, car il m'était pénible de devoir jouer les indiscrets. Mais la conversation se poursuivit, et je dus l'écouter, que je le veuille ou non.

« Mais manquer à sa parole, non, c'est impossible, dit le docteur. Voyez-vous, il existe des lois éthiques que même le plus grand cynique ne peut transgresser : le rang social, les origines, la tradition… Non, le baron von Yosch est incapable de manquer à sa parole. Félix se trompe.

— Félix se trompe, répéta l'ingénieur. J'en étais convaincu dès la première minute. Nous trouvons une vieille piste, et au lieu de la suivre et de remonter jusqu'à l'endroit où elle apparaît pour la première fois, au lieu de faire ce qui semble aller de soi, ce qui se trouve à portée de main... En quoi le baron von Yosch pourrait-il être mêlé au suicide de l'élève des beaux-arts, que diable ? Félix ferait bien de se poser cette question ! Eugen Bischoff est mort, et je n'arrive toujours pas à y croire ! Il faudra que nous éclaircissions cette affaire, docteur, c'est notre devoir. Êtes-vous prêt à m'aider ?

— Vous aider ? Que pouvons-nous faire d'autre que de laisser les choses suivre leur cours ?

— Allons bon ! s'écria l'ingénieur d'une voix émue. Laisser les choses suivre leur cours ! Non, docteur, de ma vie je n'ai jamais agi ainsi. De tous les travestissements de la paresse, celui-ci a toujours été pour moi le plus haïssable. Laisser les choses suivre leur cours, cela veut dire : je suis trop bête, trop paresseux ou trop indifférent...

— Merci, dit le docteur Gorski. Vous connaissez vraiment bien l'âme humaine.

— Peut-être, docteur. Voyez-vous, le baron, que vous considérez comme une brute, comme un homme dépourvu de scrupules et de sens moral, croyez-moi, docteur, il me rappelle les barzoïs russes. Connaissez-vous cette race ? Ils sont grands, orgueilleux, ne sont pas doués d'une grande agilité intellectuelle, mais ils sont tout ce qu'il y a de plus aristocratique ; on a l'impression en les voyant qu'il faut se méfier d'eux, alors qu'en fait ils perdent tous leurs moyens dès que leur vie est en jeu. Nous devons essayer de réfléchir à sa place, docteur. Avez-vous vraiment l'intention de l'abandonner à son sort ? Si les choses suivent leur cours, elles se retourneront immanquablement contre lui, et l'issue sera le revolver, ne l'oubliez pas. N'y a-t-il pas déjà assez de victimes comme cela, docteur ? »

Le docteur Gorski ne répondit pas. Je l'entendis faire du bruit pendant un moment, un objet tomba dans un grand fracas, puis une voix coléreuse marmonna des jurons qui se transformèrent bientôt en une série impressionnante d'imprécations.

« Mais qu'est-ce que vous cherchez donc ? lui demanda l'ingénieur.

— Ma canne. Où ai-je bien pu laisser ma canne ? Et le plus beau, c'est que ce n'est même pas la mienne. Elle appartient à mon concierge. C'est à cause de mes rhumatismes, une fois de plus. Cela fait longtemps que j'aurais dû aller en cure à Pystian. C'est une canne de couleur brune, avec un gros pommeau en corne. Vous ne l'avez vue nulle part ? »

Je pris peur, car je venais d'apercevoir une canne brune avec un pommeau en corne posée contre le mur près de la cheminée.

J'avais espéré que les deux hommes quitteraient la maison sans remarquer ma présence. Il me fallait abandonner cet espoir, car il était pratiquement certain que le docteur viendrait chercher sa canne en premier lieu dans cette pièce. Il fallait que je le devance.

Je me redressai et lançai négligemment les partitions sur la table. Je m'approchai ensuite du piano et refermai bruyamment le couvercle de l'étui du violon. Il fallait qu'ils sachent, tous les deux, que j'étais là et que j'avais entendu chaque mot des propos qu'ils avaient imprudemment tenus à si haute voix.

Les ronchonnements du docteur Gorski cessèrent sur-le-champ. Je n'entendais plus que le tic-tac de l'horloge : les deux hommes devaient probablement se regarder d'un air stupéfait. Je m'imaginais leurs mines consternées et embarrassées, et pendant un moment, j'eus la vision très nette du docteur, vêtu de son *havelock* et chaussé de galoches, métamorphosé en statue de sel.

Ils retrouvèrent enfin la parole et se mirent à chuchoter vivement, puis j'entendis des pas, les pas fermes et énergiques de l'ingénieur.

J'allai à sa rencontre l'esprit léger, car cette situation était beaucoup plus embarrassante pour lui que pour moi. J'étais sur le point d'ouvrir la porte lorsque la sonnerie du téléphone retentit à côté de moi.

Je décrochai sans réfléchir, machinalement. Je m'avisai plus tard seulement que cet appel ne pouvait en aucun cas m'être destiné.

« Allô !

— Qui est à l'appareil ? » fit une voix dans le combiné.

Je connaissais cette voix, et j'eus immédiatement la conviction que je parlais à une très jeune fille. Cette conviction était liée dans mon esprit au souvenir d'un parfum étrange, à une odeur d'éther ou d'huiles essentielles. L'espace d'une seconde, je me demandai où je pouvais avoir entendu cette voix dans le passé.

La dame, à l'autre bout du fil, commençait à s'impatienter.

« Mais qui est à l'appareil ? » répéta-t-elle d'un ton courroucé, et je perdis contenance, car on venait d'ouvrir la porte brusquement, et j'aperçus l'ingénieur dans l'embrasure, son chapeau à la main, qui me regardait d'un air interrogateur.

« Ici, la villa Bischoff, dis-je enfin.

— Mais la voilà, ma canne ! » dit le docteur Gorski avec un grognement de satisfaction.

Il passa à côté de l'ingénieur et pénétra dans la pièce en se frottant la jambe.

« Le professeur est-il là ? demanda la dame.

— Le professeur ? »

Je n'avais pas la moindre idée de qui il pouvait s'agir. Elle a dû faire un faux numéro, pensai-je tout d'abord, et je me souvins tout à coup que Dina s'était plainte de ce que les gens confondaient souvent son numéro avec celui d'un médecin d'une clinique ophtalmologique.

« Voilà que cela recommence, soupira le docteur. Le mieux, ce serait de faire une cure de soufre pendant quelques semaines. Mais vous ne me croirez pas si je vous dis que je ne suis même pas arrivé à faire cela cet été.

— À qui désirez-vous parler ? demandai-je.

— Au professeur Bischoff, Eugen Bischoff », fit la voix à l'autre bout du fil.

Je me souvins alors qu'Eugen Bischoff donnait aussi des cours d'art dramatique au conservatoire. Comment n'y avais-je pas pensé plus tôt ! Je me dis alors qu'il s'agissait probablement de l'une de ses élèves, sans comprendre pourquoi le timbre de cette voix évoquait en moi l'odeur de l'éther.

« Le professeur n'est pas disponible, criai-je dans le combiné.

— Venez, à la fin ! dit le docteur Gorski à l'ingénieur d'une voix pressante. Combien de temps allez-vous me faire attendre avec mes rhumatismes dans ces courants d'air ?

— Taisez-vous ! murmura l'ingénieur. C'est le portemanteau qui vous est tombé sur le tibia, voilà tous vos rhumatismes.

— C'est insensé, s'écria le docteur Gorski, indigné. Que dites-vous là ! Après tout, je sais ce que sont des douleurs musculaires !

— Il n'est pas disponible ? Même pas pour moi ? demanda la dame d'un ton plein d'assurance en jugeant tout à fait superflu de se présenter. Même pas pour moi ? Mais il attend mon appel. »

J'étais perplexe, et les interventions incessantes du docteur Gorski augmentaient encore ma confusion. Que devais-je lui dire ?

« Je crains que le professeur ne soit disponible pour personne », répondis-je en pensant à la couverture écossaise et au visage blême qu'elle recouvrait. Je fus parcouru d'un frisson d'horreur, et mes mains se mirent à trembler.

« Il n'est disponible pour personne ? dit la dame à l'autre bout du fil d'une voix qui traduisait la surprise et l'incrédulité. Mais puisque je vous dis qu'il attend mon appel !

— Voyez-vous, je crois que la pluie a repris, dit le docteur. Pour moi, la pluie, c'est du poison. Est-ce que je vais trouver une voiture ? Cela m'étonnerait, je suis prêt à le parier.

— Allez-vous enfin vous taire, que diable ! lui lança l'ingénieur.

— Qu'est-ce que cela signifie ? s'écria l'inconnue. Il est arrivé un malheur !

— J'ai des douleurs dans les côtes et dans le dos aussi. Ça monte, voilà tout ce que nous avons gagné », murmura le docteur Gorski, complètement intimidé. Puis il se tut.

« Qu'est-il arrivé ? Parlez ! fit la voix suppliante au téléphone.

— Rien. Rien du tout », répondis-je, mais au même instant, une pensée me traversa l'esprit comme un éclair : comment était-elle au courant ? Qui pouvait bien l'avoir informée ? Non ! Personne ne devait apprendre la nouvelle de ma bouche. Félix seul en avait le droit.

« Il n'est rien arrivé du tout », dis-je en m'efforçant de parler d'une voix calme, mais ces yeux au milieu du visage blême et défiguré, ces yeux étaient toujours là, ils ne voulaient pas disparaître. « Le professeur s'est retiré pour travailler, ajoutai-je. Voilà tout.

— Pour travailler ! Mon Dieu, c'est vrai ! Son nouveau rôle ! Et moi qui pensais... Quelle sotte idée ! Je craignais... »

Elle eut un petit rire. Puis elle poursuivit de sa voix assurée du début :

« Bien sûr, je ne veux pas déranger le professeur. À qui ai-je l'honneur, je vous prie ?

— Baron von Yosch.

— Connais pas », fut la réponse décidée que je reçus, et à nouveau, j'eus l'impression d'avoir entendu plus d'une fois cette voix, mais je n'arrivais à me souvenir ni du lieu ni du moment. « Pourriez-vous avoir la bonté d'informer le professeur que... Il devait venir me voir cet après-midi, mais brusquement, vers midi, il s'est décommandé. Dites-lui, s'il vous plaît, que je l'attends demain matin à onze heures chez moi. Dites-lui que tout est prêt et que je n'ai pas envie de remettre une fois encore la chose à plus tard, pour le cas où il n'aurait de nouveau pas le temps de venir demain.

— Et de la part de qui dois-je lui transmettre ce message ? demandai-je.

— Dites-lui, fit la voix, qui me sembla tout à coup irritée, comme celle d'un enfant gâté auquel on refuse une faveur, dites au professeur que je ne veux absolument pas attendre plus longtemps le Jugement dernier. Il comprendra.

— Le Jugement dernier ? dis-je, étonné et un peu

mal à l'aise, sans pouvoir m'expliquer les causes de ma réaction.

— C'est cela. Le Jugement dernier, répéta-t-elle énergiquement. Auriez-vous la bonté de lui transmettre cela ? Je vous remercie. »

Je l'entendis raccrocher et baissai à mon tour l'écouteur. Mais au même instant, je sentis quelqu'un me prendre par les épaules. Je tournai la tête. Je me retrouvai nez à nez avec l'ingénieur, qui me regardait fixement.

« Qu'est-ce que… Qu'est-ce que vous venez de dire ? bredouilla-t-il. Qu'avez-vous dit ?

— Moi ? C'était une dame au téléphone. Elle ne voulait pas attendre plus longtemps le Jugement dernier. »

Il me lâcha et saisit l'écouteur. Son chapeau était tombé à terre. Je le ramassai et le gardai à la main.

« Trop tard. Elle a raccroché », dis-je.

Il jeta violemment l'écouteur sur le guéridon.

« Qui était cette personne ? me demanda-t-il d'un ton virulent.

— Qui ? Je n'en sais rien. Elle n'a pas voulu me dire son nom. Mais il m'a semblé que je connaissais cette voix. C'est tout ce que je peux vous dire.

— Réfléchissez ! Dieu du ciel, réfléchissez un peu ! cria-t-il. Je veux absolument savoir avec qui vous venez de parler. Il faut que vous vous en souveniez. Entendez-vous ? Il le faut ! »

Je haussai les épaules.

« Si vous le désirez, dis-je, je peux appeler le central téléphonique. Je parviendrai peut-être à savoir avec qui j'ai été en communication.

— C'est sans espoir, vous pouvez vous éviter cette peine. Il vaudrait mieux que vous fassiez un effort pour vous souvenir. Elle a demandé à parler à Eugen Bischoff. Que lui voulait-elle ? »

Je lui répétai mot pour mot la teneur de notre entretien.

« Vous aussi, vous trouvez cela bizarre, n'est-ce pas ? lui demandai-je lorsque j'eus fini. Le Jugement dernier ! Qu'est-ce que cela peut bien signifier ?

— Je ne sais pas ce que cela signifie, répondit-il en fixant le sol, mais je sais une chose : ce sont les derniers mots prononcés par Eugen Bischoff. »

Nous restâmes face à face en silence.

Rien ne bougeait dans la pièce. On n'entendit aucun bruit, sauf le tic-tac de l'horloge, jusqu'au moment où le docteur Gorski, qui regardait dans le jardin, referma bruyamment la fenêtre.

« Dieu soit loué, il ne pleut plus, dit-il en s'approchant de nous.

— Que m'importe qu'il pleuve ou non ! cria l'ingénieur dans un accès de colère. Ne comprenez-vous donc pas que la vie d'un homme est en danger ?

— Vous vous faites des soucis bien inutiles à mon sujet, dis-je pour le rassurer. Je ne suis vraiment pas aussi vulnérable que vous semblez le croire, et en outre… »

Il me regarda, stupéfait, aperçut son chapeau que je tenais toujours à la main et le reprit.

« Ce n'est pas de votre vie qu'il s'agit maintenant, marmonna-t-il. Non, pas de la vôtre. »

Puis il sortit. Sans un mot, tel un somnambule, il quitta la pièce et descendit les escaliers, son chapeau cabossé à la main, sans prendre congé, sans faire attention ni au docteur Gorski ni à moi.

XI

Aux gens que je croisai ce soir-là dans les rues éclairées et qui me virent rentrer chez moi dans un grand état d'énervement, sans chapeau et avec une blessure fraîche au front, je fis probablement l'effet d'un homme hagard dont la vie vient d'être brusquement bouleversée. Je n'ai jamais réussi à savoir exactement où et quand j'avais reçu cette blessure. Je me suis vraisemblablement cogné le front sur un objet dur, un dossier de chaise ou le bord de la table lorsque je me trouvais au pavillon et j'ai perdu connaissance pendant quelques instants – ce ne fut qu'un léger accès de faiblesse qui passa rapidement. Je me souviens parfaitement avoir ressenti peu de temps après une douleur lancinante, aiguë, au-dessus de l'œil droit, mais je n'y prêtai pas attention ; d'ailleurs, elle passa rapidement. Lorsque je sortis dans la rue, je ne m'étais toujours pas rendu compte que j'étais blessé, et les regards étonnés des gens suscitèrent en moi d'étranges idées.

Il me sembla que la ville tout entière savait déjà ce qui venait de se dérouler à la villa Bischoff. Toute la ville prenait part à cet événement, toute la ville me connaissait et voyait en moi le meurtrier.

« Est-il possible qu'on ne t'ait pas encore arrêté ? » demandait le regard surpris d'un étudiant qui sortait d'une taverne. Je pris peur et hâtai le pas. Un peu plus loin, je croisai deux jeunes filles qui attendaient devant une porte cochère qu'on les laissât entrer. C'étaient deux sœurs, et l'une d'elles, celle qui tenait une branche de sorbier à la main, me reconnut, cela ne fait aucun doute.

« Le voilà », murmura-t-elle, et je la vis détourner la tête, la mine dégoûtée et indignée.

Son visage était blême, et sous le large bord de son chapeau d'été j'aperçus les reflets de sa chevelure flamboyante.

Ensuite, je rencontrai un vieux monsieur dont les mains s'agitaient nerveusement. Il s'arrêta devant moi et me regarda d'un air inquiet. Je crus même qu'il allait m'adresser la parole. « Comment avez-vous pu pousser ce pauvre homme à se tuer ! Comment avez-vous pu faire une chose pareille ! » semblait-il vouloir dire.

Au diable ! J'en ai assez, à présent ! cria une voix au fond de moi. L'homme remarqua que j'étais résolu à lui sauter à la gorge au moindre mot qu'il prononcerait. Il prit peur et poursuivit son chemin.

Il se passa ensuite quelque chose qui m'ôta le peu d'assurance qui me restait.

Un cycliste s'approcha de moi sans bruit – c'était un homme musclé aux bras nus, au visage bestial : il avait l'air d'un garçon boulanger dans son maillot en cellular. Il sauta de sa bicyclette juste devant moi et me fixa du regard. Une pensée me traversa l'esprit : cet homme est à ta recherche ! Il te poursuit ! Je me mis à courir dans la rue à en perdre haleine, je courus, je courus et ne m'arrêtai, pantelant, qu'une fois arrivé dans une ruelle sombre, très à l'écart de mon trajet habituel, où je tentai de reprendre mes esprits.

Que s'est-il passé ? me demandai-je, inquiet et honteux. Qu'est-ce qui m'a fait fuir ? Est-il pensable que toute la ville se soit mise sur le pied de guerre parce qu'un homme, dans la villa, a retourné un pistolet contre lui ? Quelle folie d'avoir lu l'accusation absurde de Félix dans le regard de gens qui me sont totalement étrangers et indifférents et que le hasard m'a fait croiser sur mon chemin ! C'est une chimère qui m'a effrayé. Des inconnus ! Je ne connaissais aucun d'entre eux. Je ne les ai jamais vus auparavant. Assez ! Il faut rentrer ! murmurai-je d'une voix irritée. Ce sont mes nerfs. Il faut que je prenne du bromure. C'est vrai, il s'est passé trop de choses en une seule et même journée. De quoi ai-je donc peur ? Je n'ai aucune responsabilité dans ce qui s'est passé aujourd'hui. Je n'ai pas pu empêcher ce malheur. Mais personne ne le pouvait. Je n'ai pas à craindre ces regards. Je peux tranquillement poursuivre mon chemin et regarder les gens en face, avec la même tranquillité d'esprit qu'hier et que tous les jours précédents.

Et pourtant, quelque chose en moi me poussait à faire un grand détour pour éviter les gens qui venaient à ma rencontre. Je contournais le cercle lumineux des réverbères, je cherchais la pénombre, et quand j'entendais des pas derrière moi, je sursautais. À un coin de rue obscur, j'entendis une voiture passer lentement près de moi. J'appelai, la voiture s'arrêta, et un cocher somnolent me ramena chez moi.

Lorsque j'ouvris la porte de mon appartement, ma décision était prise : je voulais partir.

Je suis à bout de nerfs, me dis-je à mi-voix en entrant dans le salon. Je me répétai ces mots cinq ou six fois et sursautai en me rendant compte que je parlais tout seul. Partir d'ici, oui ! Mais pas dans le sud, non, pas à Nice, à Rapallo ou au Lido. En Bohême, dans la région de Chrudím, je possédais un domaine que j'avais hérité d'un cousin maternel mort prématurément. J'avais passé une partie de ma jeunesse dans ce vieux manoir, et je pensais toujours à ces jours d'été lointains à chaque fois que je vérifiais les rapports, les suggestions et les décomptes de mon régisseur. Depuis mon enfance, je n'y étais retourné qu'une seule fois ; j'avais passé une semaine à chasser le cerf dans les forêts de Chrudím. Cela faisait cinq ans.

C'était là que je voulais aller, là que je trouverais le calme et la solitude dont j'avais besoin à ce moment comme jamais auparavant. Je ne pensai pas alors au fait que mon départ pourrait être mal interprété – comme une fuite, un aveu, une tentative désespérée de me dégager par la force de cette toile de preuves irréfutables dans laquelle j'étais empêtré. Je voulais quitter la ville, c'est tout. Et je m'imaginais la façon dont je vivrais les semaines suivantes : des heures de promenade, par monts et par vaux, dans les forêts de sapins infinies ; l'amitié d'un vieux chien de chasse au poil hirsute ; les retrouvailles avec une mare où, parti à la recherche de monstres marins, j'avais attrapé autrefois des araignées d'eau, des tritons et des sangsues ; un dimanche après-midi au café du village parmi des paysans tchèques peu loquaces et des gardes champêtres qui jouaient aux cartes ; et le soir, avant le coucher, une heure passée dans la chaise à bascule face au feu de bois de la cheminée, avec des livres, du vin rouge et une pipe.

Voilà comment se présentait pour moi la vie que je mènerais dans les semaines suivantes, et à peine ce projet fut-il formé que tout en moi me poussa à le mettre en œuvre. Je brûlais d'impatience, et si j'avais pu, j'aurais pris le train sans attendre. J'allais et venais dans la chambre, et mon environnement si familier – le bureau, les rideaux brodés, le pistolet albanais et le tapis de prière en soie verte accroché au mur –, tout cela m'était devenu odieux, insupportable.

La fièvre de l'impatience qui s'était emparée de moi excluait que j'attende sans rien faire. Pour renforcer en moi-même ma décision, pour faire quelque chose qui pourrait me rapprocher de la réalisation de mon projet, je sortis mes deux malles, comme si je n'avais pas de temps à perdre, et commençai à faire mes bagages. Malgré mon agitation, je procédai de façon méthodique, sans rien oublier. Mon serviteur Vinzenz n'aurait pas pu mieux faire. Je n'oubliai même pas la petite boussole de poche et le dictionnaire allemand-tchèque qui m'avait déjà accompagné au cours de mon voyage en Bohême cinq ans auparavant. Lorsque j'eus terminé – il régnait alors dans la pièce un affreux désordre de livres, de vêtements, de guêtres de cuir et de linge que je ne voulais pas emporter – et que j'eus refermé les malles, je me demandai quelles affaires pressantes il me faudrait régler avant mon départ. Je devais aller à la banque pour prendre de l'argent ; ce serait la première chose à faire. Un entretien avec mon conseiller juridique que je voulais appeler pour lui demander de venir me voir. Les congés ? Mes congés n'étaient pas terminés. J'avais rendez-vous avec des amis au restaurant de l'opéra mercredi soir ; il fallait me décommander. Expédier un télégramme à mon régisseur afin qu'il m'envoie une voiture à la gare. J'avais une dette de jeu et quelques factures à régler. Je voulais laisser mes affaires en ordre. Quelques ultimes courses en ville. Ensuite, il y avait le tournoi Graf-Wenckheim au club d'escrime où j'étais inscrit et que je devais annuler à temps. Je pourrais peut-être régler l'affaire en écrivant un mot au secrétaire du club.

Ce fut tout ce qui me vint à l'esprit à ce moment-là. Je notai ces choses et posai le papier sur le bureau, sous le presse-papiers. Mon inquiétude passa un peu. J'avais fait ce qu'il était possible de faire ce soir-là, si tard, pour préparer mon départ. Deux heures cinq minutes – il était l'heure d'aller me coucher.

J'étais pourtant encore trop énervé pour trouver le sommeil. Pendant un long moment, je restai allongé, les yeux fermés, mais je ne sentis pas une once de sommeil. Mille images angoissantes s'agitaient dans mon cerveau en éveil, quand je me souvins tout à coup du somnifère qui se trouvait sur ma table de nuit. Il ne restait plus que deux petites pastilles de bromure dans la boîte, et je les pris toutes les deux.

Je dois acheter du bromure ou des gouttes de morphine ou du véronal, un calmant quelconque, pensai-je. II ne faut surtout pas que je l'oublie ! J'aurais certainement besoin assez souvent de ce genre de substances dans les jours qui viennent. Je sautai du lit et me mis à chercher fiévreusement l'ordonnance, d'abord dans mon portefeuille, puis dans tous les tiroirs, dans les moindres recoins des armoires et des commodes et finalement dans les poches de ma veste, mais je ne la trouvai pas.

Cela ne fait rien, me dis-je pour m'apaiser. Je n'aurai pas besoin de cette ordonnance. À la pharmacie de l'Archange, on me connaît – le propriétaire me salue quand je passe et il me donnera certainement un peu de bromure sans ordonnance médicale. Du bromure ! Il ne faut surtout pas que j'oublie d'en acheter, sinon je ne fermerai pas l'œil de tout le voyage, demain.

Je pris le papier sur lequel j'avais noté les choses importantes pour le lendemain. Et au moment même où j'écrivais le mot « bromure », sans que je comprenne le rapport, je pensai à la voix que j'avais entendue au téléphone, à la voix de cette femme qui ne voulait pas attendre le Jugement dernier. Quelle curieuse formule ! Je me souvins également des propos de l'ingénieur. « Réfléchissez ! Pour l'amour du ciel, réfléchissez ! Il faut que vous vous en souveniez ! » Oui, il fallait que je m'en souvienne. À présent, j'avais tout le temps et le calme nécessaire pour y penser. Je ne pouvais pas m'endormir tout de suite ; il fallait que je tente de me rappeler où j'avais pu entendre cette voix auparavant. Je compris alors que cette inconnue possédait la clef du mystère, qu'elle pouvait nous dire pourquoi Eugen Bischoff avait fui dans l'au-delà. Elle le savait, et il fallait que je la retrouve, que je lui parle…

J'étais au lit, les mains pressées sur mes tempes et j'explorais ma mémoire. Je tentai de me remémorer une fois de plus cette voix, sans y parvenir. La fatigue eut raison de moi. Le somnifère fit son effet.

Un sentiment de quiétude m'envahit ; tout ce qui était arrivé me sembla soudain irréel et curieusement inconsistant, dépourvu de toute pesanteur, comme un jeu d'ombres chinoises sur le mur. J'étais encore éveillé, mais je sentais déjà la douce caresse du sommeil. Des mots épars, dépourvus de sens, et qui semblaient être annonciateurs d'un rêve, résonnaient à mon oreille. « Il pleut encore », fit une voix, et d'autres voix se joignirent à elle. Je me réveillai en sursaut et me retrouvai seul. Une mouche volait en bourdonnant dans la pièce. En bas, dans la rue, un homme passa et tapa deux ou trois fois le pavé de sa canne. Je l'entendis, mais au même moment, il me sembla percevoir les coups de bec d'un pic, le murmure d'une forêt de sapins, et je sentis une brise humide passer sur mon visage. Le cri d'un oiseau s'éleva au loin, je tentai une fois encore d'ouvrir les yeux, puis cette journée s'acheva enfin.

XII

C'est Vinzenz, planté devant mon lit avec le petit déjeuner, qui me réveilla. Il faisait sombre dans la chambre ; je ne voyais que les contours de sa silhouette et la faible lueur que jetait le pot à lait d'argent. Je l'entendis parler, mais je ne compris pas ce qu'il me dit. Je refusais encore de me réveiller ; je voulais continuer à dormir. L'idée de devoir me lever et de commencer cette journée provoquait en moi un vague sentiment de crainte.

« Quelle heure peut-il bien être ? » demandai-je péniblement, et je me rendormis probablement sur-le-champ, mais pas pour longtemps, l'espace de quelques secondes peut-être, car lorsque je rouvris les yeux, Vinzenz était toujours devant mon lit.

« J'ai l'honneur de vous informer qu'il est neuf heures passées, mon capitaine, dit-il.

— C'est impossible, répondis-je en fermant les yeux. Il fait nuit noire. »

J'entendis le léger tintement de la vaisselle du petit déjeuner et des pas traînants sur le tapis. Puis on releva les stores. La lumière du jour envahit la chambre et une clarté aveuglante fouetta mon visage.

Vinzenz me rappela à l'ordre :

« Si vous désirez partir en voyage, mon capitaine, il est grand temps de vous lever, dit-il depuis la fenêtre.

— Partir en voyage ? Mais où cela ? Et pour quoi faire ? » lui demandai-je dans un demi-sommeil en tentant de réfléchir, mais je ne parvins à me souvenir que d'une chose : j'avais fait les deux malles pendant la nuit. « Tu porteras mes bagages à la gare.

— À la gare du Sud ? »

Je mis un petit moment avant de me rappeler où je voulais me rendre.

« Non. Je pars pour Chrudím, dis-je. Baisse les stores, j'aimerais encore dormir un peu.

— Jésus Marie ! s'écria soudain Vinzenz. Mais de quoi avez-vous l'air, mon capitaine ? »

Je n'étais toujours pas complètement réveillé.

« Qu'y a-t-il encore ? demandai-je, excédé, en me redressant dans mon lit.

— Votre front ! Juste au-dessus de l'œil droit ! Comment vous êtes-vous fait cette blessure ? »

Je portai la main à mon front.

« Laisse-moi voir », dis-je, et Vinzenz m'apporta le miroir.

Quel ne fut pas mon étonnement en apercevant la plaie et le sang caillé, car je ne parvenais pas à m'expliquer d'où me venait cette blessure !

« Une fois de plus, l'éclairage de la cage d'escalier ne marchait pas, dis-je alors pour éviter à tout prix de réfléchir. Quelle racaille ! Va, maintenant, et laisse-moi dormir !

— Et que dois-je dire au monsieur ? Il attend une réponse et dit que c'est urgent.

— Quel monsieur, que diable ?

— Je vous l'ai déjà annoncé, mon capitaine. Un monsieur attend dans le salon. C'est la première fois que je le vois. C'est un grand blond. Il dit qu'il faut absolument qu'il vous parle, mon capitaine, et il s'est tranquillement installé à votre bureau comme s'il était ici chez lui.

— T'a-t-il dit son nom ?

— J'ai posé sa carte sur le sucrier. »

Je saisis la carte qui portait l'inscription « Waldemar Solgrub ». Je dus lire ce nom deux ou trois fois avant de retrouver le souvenir des événements de la veille. Une sorte de malaise s'empara de moi. Que me voulait l'ingénieur à une heure aussi matinale ? Sa visite n'annonçait probablement rien de bon. Je me demandai si je devais me faire excuser en prétextant que j'étais souffrant ou si je n'allais pas tout simplement lui faire dire que j'étais absent. Je voulais être seul, ne voir personne, ne rien savoir.

Voilà les premières pensées qui me vinrent à l'esprit, et je les refoulai aussitôt.

« Je prendrai mon petit déjeuner plus tard, dis-je à mon domestique. Demande à ce monsieur de patienter encore quelques instants. Je serai à sa disposition dans cinq minutes. »

Lorsque je pénétrai dans le salon, l'ingénieur était assis à mon bureau. Immédiatement, il me sembla qu'il était fatigué et avait passé une nuit blanche. Cinq ou six mégots de cigarettes se trouvaient dans le cendrier posé devant lui ; il devait avoir fumé sans arrêt en m'attendant. Il se tenait la tête entre les mains, et son regard étrangement vitreux fixait le vide. Il se mordait la lèvre inférieure comme s'il ressentait une douleur physique contre laquelle il tentait de lutter. Mais au moment où il remarqua ma présence, son visage changea d'expression. Il se leva et s'avança vers moi. Une vive impatience se lisait dans ses yeux.

« Vous m'excuserez de vous avoir fait réveiller, dit-il, mais je ne pouvais vraiment pas attendre plus longtemps.

— Ce n'est rien, je vous en suis reconnaissant,

répondis-je. J'ai beaucoup trop dormi, et ce n'est pas dans mes habitudes. Une tasse de thé ?

— Vous êtes très aimable, non, merci, je ne prendrai pas de thé. Je préférerais un peu de cognac, s'il vous plaît. Merci, cela suffit. Dites-moi, savez-vous pourquoi je suis ici ?

— Je suppose que c'est Félix qui vous envoie, répondis-je. Y a-t-il eu du nouveau depuis hier ?

— Pas encore. En tout cas, pas jusqu'à présent », marmonna l'ingénieur, et son regard se figea de nouveau.

« Dans ce cas, je ne vois vraiment pas ce qui…

— Je crains d'être venu pour rien », dit-il. Il était penché en avant et me frôlait du regard, d'un air complètement indifférent. « Je croyais que vous seriez en mesure de me dire avec qui vous avez parlé d'Eugen Bischoff, hier, au téléphone. Vous souvenez-vous ? Vous n'avez pas cherché qui pouvait être cette dame, n'est-ce pas ?

— Si, j'y ai réfléchi », m'empressai-je de dire, et au moment même où je prononçai ces mots, j'eus une sorte d'inspiration qui me fit trouver une solution apparemment évidente et convaincante. « J'ai réfléchi, et je suis arrivé à un résultat. La dame avec qui j'ai parlé ne peut être qu'une actrice. Je suppose que je la connais pour l'avoir vue sur scène, car Eugen Bischoff et moi avions peu d'amis communs. Mais je ne suis pas parvenu à me souvenir dans quelle pièce je l'ai vue jouer et à quelle époque.

— Merci, répondit l'ingénieur sèchement en fixant d'un air totalement absent le tapis de prière en soie verte qui était suspendu au mur.

— Je pense que je retrouverai ce nom, repris-je au bout d'un moment. Il faut que vous me laissiez un peu de temps. D'ailleurs, le nombre de personnes concernées est assez limité, car je ne suis pas allé très souvent au théâtre ces derniers temps. »

L'ingénieur était assis en face de moi, la tête entre les mains, l'air indifférent. Il ne disait toujours rien, et son silence commençait à devenir insupportable.

« Si nous pouvions nous retrouver cet après-midi, lui proposai-je, disons vers cinq heures… Il faut que vous me laissiez réfléchir jusque-là. Je suis sûr que… »

Il m'interrompit d'un geste de la main.

« Non, ne vous donnez pas cette peine », dit-il. Puis il saisit soudain la bouteille de cognac et se mit à boire, comme un fou, en avalant verre sur verre. « Cet après-midi à cinq heures, disiez-vous ? reprit-il après le septième verre. À cette heure-là, j'aurai trouvé le nom de la personne avec qui vous avez parlé hier. Vu la situation, cela ne fait aucun doute.

— Vraiment ? m'écriai-je, surpris et incrédule. Avez-vous trouvé un indice ? À dire vrai, je ne vois pas par quel moyen…

— Vous pouvez me croire, je sais ce que je dis », murmura l'ingénieur en avalant un autre verre de cognac, puis un deuxième et un troisième – et il me sembla qu'il était dans ses habitudes de boire de l'alcool dans un verre à dent.

« Bien sûr, il serait essentiel de savoir qui était cette dame, dis-je. Je pense que nous aurons quelques questions à lui poser, ne pensez-vous pas ? Surtout… »

Il hocha la tête.

« Je ne crois pas que nous obtiendrons d'elle le moindre éclaircissement », dit-il avant de retomber dans son mutisme songeur.

Nous restâmes quelques minutes face à face sans rien dire. Comme à son habitude, Vinzenz parlait tout seul à mi-voix dans ma chambre à coucher. Parfois, il s'interrompait pour siffler le refrain d'un chant militaire de Styrie. Les bruits étouffés de la rue nous parvenaient par la fenêtre ouverte. Un camion qui passait fit tinter doucement la tasse de thé, les verres à cognac et le pot à lait d'argent. Je vis la feuille de papier sur laquelle j'avais pris quelques notes la veille, et je l'empochai.

Soudain, l'ingénieur se leva. Il fit quelques allées et venues dans la pièce d'un pas énergique et s'arrêta enfin devant mes malles.

« Voilà qui est donc réglé, dit-il d'une voix toute différente. Désolé de vous avoir réveillé. C'était assez inutile. Vous avez l'intention de partir en voyage à ce que je vois.

— Oui, je pars en Bohême. Je possède un petit domaine dans la région de Chrudím. Prendrez-vous encore un cognac ? Mon train part à sept heures ce soir.

— Peut-on savoir ce qui vous fait partir si soudainement ?

— Des cerfs qui doivent être abattus, rien de plus.

— Pensez-vous que les cerfs de votre district vous en voudraient beaucoup si vous les faisiez attendre quelques jours ? Sérieusement, baron, ne pouvez-vous remettre votre voyage à plus tard ?

— Je ne vois vraiment pas quelle raison j'aurais de le faire.

— Ne vous emportez pas si vite, dit l'ingénieur en levant la tête et en me regardant droit dans les yeux. Permettez-moi de vous parler tout à fait franchement. Je suis allé au club hippique cette nuit. J'ai parlé de vous avec quelques-uns de vos meilleurs amis, et vous avez été l'objet d'une discussion assez vive. Non, vous n'êtes pas celui pour qui je vous prenais au début ; vous n'êtes ni un bel esprit ni un esthète. Quand les gens prononçaient votre nom, hier soir, c'était avec d'étranges accents de haine mêlée de respect. On dit que dans certaines de vos affaires, vous avez fait preuve d'une certaine… disons générosité quant au choix de vos moyens. Quelqu'un vous a traité hier de superbe canaille. Je vous en prie, restez assis ! *Relata refero*, je n'ai nullement l'intention de vous offenser. Vous voulez vous rendre sur vos terres pour chasser le cerf. Bien. Je vous comprends. Mais à quoi bon ? Vous n'êtes pas responsable de la mort d'Eugen Bischoff ; vous ne pouvez l'être. Que diable, si la moitié seulement de ce que l'on raconte sur vous est vrai, alors je ne comprends vraiment pas pourquoi vous ne défendez pas votre peau dans un cas comme celui-ci ni pourquoi vous vous soumettez sans réagir aux ordres de mon ami Félix…

— Et moi, monsieur l'ingénieur, je ne comprends pas ce que tout cela… Je ne vois pas le rapport entre Félix et ma petite escapade de chasse.

— Auriez-vous l'intention de jouer à cache-cache avec moi ? me demanda l'ingénieur en me dévisageant d'un air grave. À quoi bon ? À votre place, je ne me ferais guère d'illusion : aucun de vos amis ne manquera l'occasion de faire remarquer que vous avez le sens des solutions élégantes, même si les articles de journaux ne font pas expressément allusion à cet aspect particulier de vos talents. »

Il me fallut réfléchir quelques instants avant de comprendre ce qu'il voulait dire. Je me levai, car je n'avais aucune envie de poursuivre cet entretien. L'ingénieur en fit autant. L'éclat de ses yeux, le pourpre de ses joues et les mouvements nerveux de ses mains me firent comprendre que l'alcool commençait à avoir de l'effet sur lui.

« Il est toujours fâcheux de se mêler des affaires des

autres, reprit-il d'une voix qui trahissait une sorte d'irritation. Pourtant, je voudrais proposer de repousser votre voyage de deux jours. Je suis conscient de l'impasse dans laquelle vous vous trouvez. Mais que diriez-vous si je vous promettais que Félix et moi serons en mesure de dire d'ici quarante-huit heures qui est l'assassin d'Eugen Bischoff ? »

Ses paroles ne firent aucune impression sur moi ; je ne les prenais pas au sérieux, car j'étais convaincu que c'était l'alcool qui le faisait parler de façon aussi arrogante. Je ressentis son assurance comme une provocation, et j'avais une réponse négative et abrupte au bord des lèvres. Mais soudain, je me rappelai qu'il avait peut-être eu connaissance d'un fait nouveau, d'un détail qui avait pu m'échapper la veille. Je ne sais pas comment c'est arrivé, mais tout à coup j'étais presque sûr qu'il savait plus de choses que moi sur cette affaire. Il me sembla tout à fait plausible qu'il eût trouvé certains indices à l'intérieur du pavillon et qu'il en eût tiré des conclusions sur l'identité du visiteur inconnu qu'il appelait l'assassin.

« Des empreintes digitales ? » lui demandai-je.

Il me regarda sans comprendre et ne répondit pas.

« A-t-on découvert les empreintes digitales de l'assassin à l'intérieur du pavillon ? »

Il hocha la tête.

« Non. On n'a trouvé aucune empreinte, dit-il. Rien de tel. Écoutez bien ce que je vais vous dire : le meurtrier n'a jamais mis les pieds dans la villa. Eugen Bischoff est toujours resté seul dans le pavillon.

— Mais hier, vous disiez…

— C'était une erreur. Personne ne lui a rendu visite. Lorsqu'il a tiré les deux coups de feu, il n'avait plus son libre arbitre ; il se trouvait sous l'empire d'une volonté étrangère. Voilà comment je vois les choses, aujourd'hui. L'assassin n'était pas avec lui, ni au moment du meurtre ni avant, car je sais qu'il n'a pas quitté son appartement depuis des années…

— Qui ? m'écriai-je, au comble de la surprise.

— L'assassin.

— Vous le connaissez donc ?

— Non, je ne le connais pas. Mais j'ai toutes les raisons de penser qu'il est italien et qu'il ne comprend pratiquement pas un mot d'allemand. Et qu'il n'a pas quitté son appartement depuis des années, comme je vous le disais à l'instant.

— Et qu'est-ce qui vous fait croire cela ?

— C'est un monstre, poursuivit l'ingénieur sans prendre garde à ma question. Un être épouvantable à la corpulence impressionnante dont l'obésité est probablement pathologique et qui est donc condamné à l'immobilité. Voilà à quoi ressemble le meurtrier. Et ce qu'il y a de curieux, c'est que cette créature repoussante exerce une attirance toute particulière sur les artistes. L'un était peintre, l'autre comédien. Ce détail ne vous avait-il pas frappé ?

— Mais qu'est-ce qui vous fait dire que le meurtrier a un physique monstrueux ?

— C'est une créature abominable, un être humain dégénéré, répéta l'ingénieur. Ce qui me fait dire cela ? Vous devez penser que je suis terriblement perspicace. En réalité, j'ai simplement eu un peu de chance lors de mes investigations. »

Il s'interrompit et contempla attentivement les ornements du fauteuil qui se trouvait devant mon bureau.

« Des fauteuils Biedermeier. J'imagine qu'ils sont assez fragiles, n'est-ce pas ? me demanda-t-il. Mais ceux-ci ne sont pas Biedermeier. Chippendale ? En fait, le docteur Löwenfeld a entendu une conversation téléphonique qu'Eugen Bischoff a eue avec une dame dans le bureau de la direction. Il s'agissait peut-être de la personne qui l'a appelé hier. Connaissez-vous le docteur Löwenfeld ?

— Le secrétaire de la direction ?

— Il est dramaturge, secrétaire ou metteur en scène, je ne sais pas exactement quelle est sa fonction au théâtre. Je l'ai rencontré ce matin, et il m'a raconté… Attendez un instant ! »

L'ingénieur sortit de la poche de sa veste un ticket de tramway au dos duquel il avait noté quelque chose.

« Le docteur Löwenfeld se souvenait des termes exacts de la conversation, reprit-il. Écoutez ce qu'Eugen Bischoff a dit au téléphone : "Vous voulez que je l'amène ? Impossible, très chère. Vos meubles Biedermeier ne sont vraiment pas prévus pour supporter son poids. Et puis, n'oubliez pas que la maison ne possède pas d'ascenseur. Comment voulez-vous que je lui fasse descendre l'escalier ?" C'est tout. Il ajouta simplement les quelques formules de politesse que l'on dit habituellement à la fin d'une conversation téléphonique. »

Il replia soigneusement le billet et me regarda d'un air interrogateur.

« Eh bien ? Qu'en dites-vous ? me demanda-t-il.

— Je trouve qu'il est assez téméraire de tirer des conclusions aussi radicales de ces quelques propos, répondis-je. D'ailleurs, êtes-vous sûr que c'était bien le meurtrier dont il était question ?

— De qui d'autre pouvait-il s'agir ? s'écria l'ingénieur. Non, l'homme qui est incapable de quitter son appartement parce que son immeuble n'a pas d'ascenseur, c'est le meurtrier, j'en suis sûr. Je sais à présent à quoi il ressemble : c'est un monstre d'une corpulence pathologique qui est peut-être même paralysé. Croyez-vous qu'il sera très difficile de retrouver sa trace ? »

Tout en faisant les cent pas dans le bureau, il se mit à m'exposer ses plans.

« Nous pourrions nous renseigner auprès de l'ordre des médecins, dit-il. Ce serait une première possibilité. Un cas comme celui-là ne peut pas rester ignoré des spécialistes. Par ailleurs, des gens d'une telle corpulence sont presque toujours cardiaques. Je pourrais donc peut-être obtenir des informations en consultant un cardiologue. Il est italien et ne parle probablement pas un mot d'allemand. Voilà qui limite considérablement le nombre des personnes concernées. Mais j'espère pouvoir faire l'économie de toutes ces démarches. Il me semble qu'il existe un moyen plus simple de savoir où se trouve le meurtrier. Il n'y a qu'une chose que je ne comprends pas : qu'est-ce qui pouvait bien intéresser Eugen Bischoff chez cet Italien ? Est-ce qu'il aurait eu par hasard une attirance particulière pour les monstres, les *freaks*, les caprices de la nature ?

— Vous savez que le meurtrier est italien ? lui demandai-je.

— Dire que je le sais avec certitude serait exagéré, répondit l'ingénieur. Il ne s'agit là aussi que d'une déduction logique. Vous allez certainement me dire une fois de plus qu'elle est téméraire. Cela ne fait rien. Je vais essayer de vous expliquer pourquoi je suis convaincu que le meurtrier ne peut être qu'un Italien. Ensuite, vous penserez ce que bon vous semblera. »

Il se laissa tomber dans le fauteuil, ferma les yeux et croisa ses mains sous le menton.

« Il me faut revenir sur les faits antérieurs à ce cas, dit-il. Vous souvenez-vous de cet officier de marine dont vous a parlé Eugen Bischoff ? Il était lui aussi à la recherche du meurtrier de son frère. Nous savons comment les choses se sont déroulées : un beau jour, il est rentré chez lui plus tard que d'habitude pour déjeuner. Une heure plus tard, il s'est suicidé. C'est ce jour-là qu'il a découvert qui était le meurtrier de son frère et qu'il a parlé avec lui. Vous êtes d'accord, n'est-ce pas ?

— Certes.

— Poursuivons. Ces derniers jours, Eugen Bischoff aussi est rentré chez lui avec beaucoup de retard. La première fois, ce fut mercredi, et la deuxième, vendredi. Il a eu besoin d'une voiture de location : à table, il a dit qu'il allait probablement avoir des ennuis, car le chauffeur avait percuté le wagon d'un tramway dans la Burggasse. Samedi, il est à nouveau rentré après le déjeuner. Il était fatigué, distrait et peu loquace. Dina supposait que les répétitions l'avaient retenu plus longtemps que d'habitude, mais elle ne lui posa pas la question. J'ai vérifié aujourd'hui que ces trois jours-là les répétitions se sont terminées à l'heure habituelle. Vous voyez donc que les circonstances qui ont précédé les faits étaient identiques dans les deux cas. Je ne vois qu'une seule différence, mais elle est de taille. Vous voyez ce que je veux dire ?

— Non.

— Il est curieux que vous n'y pensiez pas. Bien. Le meurtrier avait un ascendant très très fort sur ses victimes. Selon toute vraisemblance, l'officier de marine a succombé à cet ascendant dès le premier jour. Dans le cas d'Eugen Bischoff, par contre, le meurtrier a mis trois jours à lui imposer sa volonté. À quoi cela pouvait-il tenir, selon vous ? En général, les comédiens sont des gens facilement influençables, et en revanche, on aurait pu s'attendre à une résistance beaucoup plus énergique de la part d'un officier. J'ai réfléchi à ce problème et n'ai trouvé qu'une seule réponse qui me satisfasse : le meurtrier parle une langue que l'officier maîtrisait parfaitement, mais dans laquelle Eugen Bischoff ne pouvait se faire comprendre qu'à grand-peine et de façon incommode. J'en conclus que c'est un Italien, car cette langue est la seule langue étrangère dont Eugen Bischoff ait eu quelques notions. Je vous l'accorde, baron, ceci n'est qu'une hypothèse très téméraire, je le reconnais…

— Il est possible que l'avenir vous donne raison, dis-je, car je me souvenais qu'Eugen Bischoff avait un faible pour l'Italie et tout ce qui était italien. Votre démonstration me semble parfaitement logique et vous m'avez presque convaincu. »

L'ingénieur sourit – un sourire qui exprimait sa satisfaction et semblait vouloir protester de sa modestie. Mon approbation lui faisait manifestement plaisir.

« J'avoue que je n'aurais jamais eu cette idée, poursuivis-je. J'admire votre flair et je suis convaincu que vous parviendrez avant moi à savoir qui était la dame avec laquelle je me suis entretenu hier. »

Il fronça les sourcils. Son sourire disparut.

« Pour cela, dit-il lentement, je crains qu'il ne faille une grande perspicacité. »

Il leva les mains et les laissa retomber, et ce geste trahissait un sentiment de résignation dont je ne comprenais pas la cause.

Il sombra de nouveau dans son mutisme. Perdu dans ses pensées, il prit une cigarette de son étui en argent, la tint entre deux doigts et oublia de l'allumer.

« Voyez-vous, baron, dit-il au bout d'un moment, en vous attendant, tout à l'heure, j'ai eu… Il ne me sera pas facile de vous faire comprendre cette association d'idées… En effet, pendant que j'étais assis là, mes pensées allaient tout naturellement à cette dame, au téléphone, et à ses propos vraiment étranges qui évoquaient le Jugement dernier, et soudain – j'ignore moi-même comment cette idée m'est venue à l'esprit –, j'ai pensé aux cinq cents morts de la rivière Munho. »

Il regardait d'un air totalement absent la cigarette qu'il tenait à la main.

« En fait, je ne les ai pas vraiment vus, reprit-il. J'ai simplement tenté de me les imaginer. Quelque chose me contraignait à me demander sans arrêt comment je réagirais si je les voyais tout à coup debout devant moi, cinq cents visages jaunâtres et défigurés qui tous expriment le désespoir et la certitude de la mort et l'accusation… »

Il frotta une allumette, mais elle se cassa entre ses doigts.

« Bien sûr, c'est une idée puérile, vous avez raison, dit-il après un silence. Que peut bien représenter pour un homme d'aujourd'hui ce qui n'est plus que l'ombre d'un mot ! Le Jugement dernier : c'est une expression vide de sens qui remonte à la nuit des temps. Le jugement de Dieu. Ce mot suscite-t-il en vous un sentiment quelconque ? Bien sûr, une peur insensée devait faire tomber vos ancêtres à genoux et leur faire ânonner des litanies quand ils entendaient le *Dies iræ* du haut de la chaire. Les Yosch… », ajouta-t-il en prenant subitement le ton badin de la conversation, comme si ce sujet, bien que loin d'être inintéressant, n'était pas vraiment très important, « les Yosch sont originaires d'une contrée très catholique, la région de Pfalz-Neuburg, n'est-ce pas ? Vous êtes surpris de me voir si bien renseigné sur les origines de votre famille, je le vois bien à la tête que vous faites. Ne croyez surtout pas que je m'intéresse beaucoup à la généalogie des maisons nobles en général. Mais on aime bien savoir à qui l'on a affaire, et j'ai donc feuilleté le Gotha, cet après-midi, au club. De quoi parlais-je ? Ah oui ! Certes, je n'avais pas peur, cela n'aurait pas eu de sens ! Mais je ressentais tout de même une sensation bizarre. Le cognac est un excellent moyen de se débarrasser de visions importunes. »

Sa cigarette se consumait. Il s'enfonça dans le fauteuil et fit des ronds de fumée bleutée que je suivis des yeux en pensant à toutes sortes de choses. Tout à coup, je trouvai la clef de la personnalité si déconcertante de l'ingénieur. Ce géant blond aux larges épaules, cet homme de caractère et d'action, si robuste, avait un talon d'Achille. Pour la deuxième fois en à peine vingt-quatre heures, il m'avait parlé de ce souvenir de guerre si lointain. Ce n'était pas un alcoolique – l'alcool n'était pour lui qu'un asile, un refuge où il se mettait un moment à l'abri dans ce combat désespéré qu'il devait mener. Un sentiment de culpabilité dévorant et tenace le poursuivait depuis des années et ne le laissait pas en paix. Un souvenir, fût-il aussi léger qu'une brise, pouvait le terrasser.

La pendule, sur la cheminée, sonna onze heures. L'ingénieur se leva pour prendre congé de moi.

« Donc, j'ai votre parole, n'est-ce pas ? Vous me promettez de remettre votre voyage à plus tard, dit-il en me tendant la main.

— Je ne vous ai rien promis, ingénieur, répondis-je, irrité, car je ne m'étais engagé à rien. Mes intentions n'ont pas changé. Je partirai aujourd'hui même. »

Il fut pris d'un accès de colère qui lui fit perdre tout son sang-froid.

« Ah bon ! hurla-t-il. Vos intentions… Aurais-je donc perdu mon temps, que diable ? Voilà deux heures que je m'efforce de vous faire entendre raison et... »

Je levai la tête et le regardai dans les yeux. Il se rendit compte immédiatement que le ton sur lequel il venait de parler n'était pas de mise et qu'il avait dépassé les bornes.

« Pardonnez-moi, dit-il. Je suis vraiment incorrigible. En fait, toute cette affaire ne me regarde pas. »

Je le raccompagnai jusqu'à la porte. Il se retourna encore une fois sur le seuil et se tapa le front de la main.

« Bien sûr ! J'ai failli oublier l'essentiel ! s'écria-t-il. Écoutez, baron, j'ai rendu visite à Dina, ce matin. Il est possible que je me trompe, mais il m'a semblé qu'elle aimerait beaucoup vous parler. »

Cette nouvelle fut pour moi un véritable coup de massue. Je restai planté devant lui pendant un instant, étourdi, incapable de formuler une pensée claire. Puis, l'instant d'après, des sentiments contradictoires se livrèrent un combat sans merci dans mon esprit. Je voulais m'avancer vers l'ingénieur, le prendre par les épaules – il avait rendu visite à Dina, il l'avait vue, lui avait parlé ! Je ressentais le besoin impérieux de savoir tout ce qu'elle lui avait dit, les bonnes comme les mauvaises choses ; il fallait que je lui demande si elle avait prononcé mon nom et quelle avait été l'expression de son visage à ce moment-là. Telle fut ma première réaction, mais je parvins à la refouler et à rester très calme ; je ne me trahis pas.

« Je lui ferai parvenir mon adresse par la poste, dis-je en remarquant que ma voix s'était mise à trembler.

— Faites-le ! Faites-le, s'écria l'ingénieur en me tapant sur l'épaule amicalement. Bon voyage ! Ne ratez pas votre train ! »

XIII

Il ne m'est pas facile de dire la raison pour laquelle je n'ai pas réalisé ce jour-là mon projet de partir par le premier train. Une chose est sûre : ce n'est pas la pensée de Dina qui m'a retenu. Car même si l'information que m'avait transmise l'ingénieur m'avait profondément impressionné sur le moment, je n'y attachai plus aucune importance quelques minutes plus tard. Était-il donc possible que Dina ressentît le désir de me voir, moi qu'elle considérait comme le meurtrier de son mari ? Je compris que l'intention de l'ingénieur était de me faire changer d'avis grâce à une invention fallacieuse, et je m'en voulais de m'être laissé abuser par lui, ne fût-ce que quelques courts instants.

Les raisons qui m'amenèrent à abandonner mon projet de voyage n'étaient pas du tout impératives ; elles tenaient au changement d'humeur qu'avait provoqué en moi la visite de l'ingénieur. Jusque-là, j'étais resté tout à fait inactif. Un hasard absurde m'avait placé au centre d'un fait divers auquel je ne me sentais mêlé en aucune façon. J'avais été tellement pris de court par la tournure des événements que je n'avais même pas essayé de me défendre. Je m'étais entièrement recroquevillé sur moi-même, m'en remettant au hasard qui semblait diriger les choses ; dans un revirement inexplicable de mes sentiments, je n'avais plus éprouvé que le désir d'être épargné par le souvenir des événements de la veille.

Mais les choses avaient changé. L'entretien que

j'avais eu avec l'ingénieur avait fait naître en moi le désir de prendre en main mon destin. Il me fallait retrouver le meurtrier d'Eugen Bischoff. Je ne savais pas où je devais le chercher : je m'imaginais un individu apathique, cruel, monstrueux et obèse qui, avec la perfidie d'une araignée, attendait ses victimes entre ses quatre murs. L'idée que ce monstre meurtrier n'était pas seulement une chimère née dans l'imagination de l'ingénieur, le fait qu'il pût exister réellement, peut-être tout près de moi, et que je puisse le rencontrer et lui demander des comptes, tout cela me poussait à agir. J'avais laissé passer beaucoup trop de temps ; désormais, il n'y avait plus une minute à perdre. Je devais reconstituer l'emploi du temps d'Eugen Bischoff entre midi et deux heures pendant trois jours de la semaine précédente. C'était l'élément dont découleraient tous les autres. Je me mis à l'œuvre avec la même ferveur et la même impatience qui avaient accompagné les préparatifs de mon départ.

Il était une heure. Vinzenz avait dressé la table, mais je ne touchai pas au déjeuner, qu'il avait l'habitude d'aller chercher dans une auberge voisine lorsque je restais à la maison. J'allais et venais dans la pièce, en proie à une grande agitation, échafaudant des plans que je rejetais immédiatement après, car je les trouvais trop longs à mettre en œuvre ou irréalisables. J'envisageais différentes possibilités, mais je me heurtais constamment à des obstacles insurmontables, m'empêtrais dans mille combinaisons possibles, perdais patience et recommençais à zéro sans douter une seule seconde que je finirais par avoir la bonne idée.

Elle me vint subitement, au moment où je l'attendais le moins. Je me trouvais près de la fenêtre ouverte. L'agitation de la rue se reflétait dans les vitres, curieusement miniaturisée, et l'image qui s'offrait à moi est gravée dans ma mémoire comme avec un poinçon d'acier. Aujourd'hui encore, je revois toute la scène : les rideaux d'un bleu délavé aux fenêtres d'en face. La dame coiffée d'une capote passée de mode et qui traversait la rue. Une ouvrière qui tenait entre ses mains une grande corbeille plate remplie de citrons. J'apercevais distinctement, malgré les proportions de la scène, l'archange saint Michel trônant sur le comptoir de la pharmacie et qui levait les mains en un geste protecteur. Un tramway passa et masqua un instant la scène avant de disparaître à nouveau. Devant le café, au coin de la rue, stationnait la voiture d'un confiseur, et un gamin aux cheveux roux s'engouffra dans la boutique par la porte à tambour. Tandis que j'observais tout cela, j'eus soudain une idée qui me sembla si simple, si évidente, que j'eus du mal à comprendre comment elle avait pu échapper à l'ingénieur.

L'accident de voiture ! L'accident de voiture d'Eugen Bischoff ! C'est lui qui devait être le point de départ de mes recherches ! Je me mis à réfléchir : la Burggasse, c'était dans le septième arrondissement, et je connaissais le commissaire de police – Franz ou Friedrich Hufnagl. J'étais allé le voir quelques mois plus tôt à cause d'une lettre de menaces anonyme. Depuis, je l'avais revu de temps à autre dans la salle d'échecs d'un café de la ville. Lui pourrait m'aider. Je n'avais pas la tranquillité d'esprit et la patience nécessaires pour faire les recherches moi-même. Je rédigeai quelques lignes sur une carte de visite, puis j'appelai mon serviteur Vinzenz et lui donnai mes instructions :

« Va au commissariat de la Kreindlgasse, demande à parler au commissaire Hufnagl et donne-lui cette carte. Il te fera remettre le rapport de police concernant un accident de voiture. Tu noteras le nom du chauffeur et le numéro de la voiture que tu trouveras dans le rapport. Ensuite, tu attendras le chauffeur à sa station de taxis et tu me l'amèneras ; j'ai à lui parler. C'est tout ce que tu auras à faire. As-tu bien compris ? La police t'aidera. »

Il se mit en chemin, et il me restait assez de temps pour peser les chances de réussite de ma tentative. J'étais loin de les surestimer. Je pouvais espérer apprendre dans quelle rue Eugen Bischoff était monté dans cette voiture pour rentrer chez lui. Certes, cela ne me ferait guère avancer, mais je saurais alors au moins dans quel quartier de la ville je devais commencer mes investigations. J'avais conscience que les véritables difficultés ne feraient alors que commencer. Mais j'espérais bien bénéficier d'un coup de chance, d'une intuition qui m'aiderait à continuer au moment voulu. Et puis, j'avais sans aucun doute une certaine avance sur l'ingénieur, et c'était ce qui comptait le plus pour moi à ce moment-là.

Je dus attendre pendant deux heures, et le temps passait très lentement. Vers trois heures de l'après-midi, Vinzenz revint. Il me rapportait le double d'un procès-verbal de police indiquant que, aux termes du rapport établi le 24/9 par l'agent Josef Nedved, le véhicule immatriculé A VI 138 (chauffeur : Johann Wiederhofer) avait dérapé sur la chaussée glissante et percuté le wagon du tramway municipal numéro 5139 ; la voiture en avait subi quelques légers dommages.

Le chauffeur, que Vinzenz avait retrouvé à sa station, attendait dans sa voiture en bas de la maison.

Johann Wiederhofer était un homme d'un certain âge, très bavard. Apparemment, il était encore tout à fait sous le coup de cette malchance à la suite de laquelle il avait eu affaire à la police, et il s'éleva en termes virulents contre toute intervention policière, en critiquant la tendance qu'avaient selon lui les conducteurs de tramway à se solidariser entre eux.

« Je ne suis pas fautif, pas moi, déclara-t-il avec son fort accent viennois. Il pleuvait, et la veille, il avait plu aussi. Ça s'est passé en un rien de temps. Et c'est moi qui ai supporté tous les dégâts. Mais les conducteurs de tramway, ces salopards, ils sont tous solidaires. Et en deux temps trois mouvements, on voit arriver l'agent de police. Allons, monsieur, lui ai-je dit, ne faites pas d'histoires, ne vous donnez pas en spectacle à cette foule. »

Il alluma une Virginia, et je profitai de cette pause pour m'informer de l'ampleur des dégâts.

« Il a fallu remplacer un amortisseur, répondit le chauffeur. Et le pare-brise aussi était fichu. Je me suis occupé de la réparation tout l'après-midi. J'ai terminé samedi. Vers midi, je me trouvais à ma station, et le hasard a voulu que je voie le même monsieur sortir du numéro 8 de la rue. Celui-là, me dit mon collègue, je ne le chargerais plus, à ta place. Mais moi, je ne suis pas comme ça. La superstition, connais pas. Montez donc, monsieur, je lui dis…

— Vous avez vu sortir ce monsieur du numéro 8 de la rue ? dis-je sans parvenir à cacher mon émotion. Où se trouve votre station ?

— Dans la rue de la Bastide-des-Dominicains, juste en face du Café populaire.

— Emmenez-moi là-bas ! Au numéro 8 de la rue de la Bastide-des-Dominicains », dis-je en montant dans la voiture.

La maison devant laquelle la voiture s'arrêta était un immeuble de trois étages peint en vert et qui avait l'air un peu triste. Je tentai en vain de trouver la loge du concierge sous le porche obscur. Je débouchai sur une cour exiguë, à l'abandon. Des flaques d'eau de pluie s'étaient formées sur les pavés. Un chien d'une race indéterminée, juché sur une charrette à bras, se mit à aboyer furieusement en me voyant arriver. Deux petits garçons pâles jouaient sur un tas de décombres avec des bouts de tuiles, des couvercles de cageots et des bouteilles cassées. Je demandai à l'un d'eux où se trouvait le concierge, mais il ne comprit pas et ne me donna pas de réponse.

Pendant un moment, je restai dans cette cour, un peu perdu, sans savoir à qui m'adresser. Un clapotis incessant me parvenait d'un coin de la cour – c'était peut-être une fontaine ou bien de l'eau qui coulait d'une gouttière. Le chien aboyait toujours. Je gravis l'escalier de bois en colimaçon avec l'intention de sonner à une porte quelconque pour me renseigner.

Une odeur désagréable régnait dans la cage d'escalier : cela sentait le renfermé, le moisi et les épluchures de légumes. Je me forçai à poursuivre mon chemin et surmontai le malaise que je ressentais, car j'étais décidé à ne pas rentrer chez moi bredouille.

J'inspectai le premier étage. À droite de l'escalier se trouvait le siège de l'association d'étudiants allemands « Hilaritas ». Deux lettres et un bout de papier froissé sur lequel on pouvait lire l'inscription « Je suis au café Kronstein » et en dessous un nom que je ne parvins pas à déchiffrer avaient été glissés dans la fente de la porte. Il me sembla inutile de demander des renseignements ici. Je passai également sans m'y arrêter devant la porte de l'association des marchands de chapeaux et d'objets de raphia. La troisième porte était celle d'un appartement privé. Sur la plaque, je lus « Wilhelm Kubicek (Officier de réserve)». Je sonnai et remis ma carte à la jeune fille qui vint m'ouvrir.

On me fit entrer dans une pièce sobrement aménagée dont les meubles étaient recouverts de housses blanches. Le portrait d'un feld-maréchal en uniforme, décoré de la médaille de la Couronne de fer, était suspendu en face de la porte. Le commandant vint à ma rencontre. Il était en robe de chambre et en pantoufles, et je lus un certain étonnement sur son visage et l'inquiétude que suscitait en lui une visite dont il ne connaissait pas la raison. Sur la table, j'aperçus une loupe, une pipe turque, un bloc-notes, un chiffon, une tablette de chocolat et un album de timbres-poste ouvert.

Je lui expliquai que j'étais venu me renseigner sur l'un des locataires de l'immeuble en indiquant que j'avais préféré m'adresser à un camarade, car j'étais moi aussi officier, capitaine (C.R.) au régiment de dragons n° 12. La méfiance disparut sur-le-champ de son visage. Il me demanda d'une voix mal assurée si j'étais venu à la demande d'une société, et lorsque je répondis que seule une affaire strictement personnelle m'avait amené à lui rendre visite, il abandonna toute retenue. Il regretta de ne pouvoir m'offrir un petit verre de schnaps, du Kontuczowka de Galicie, mais sa femme était sortie et avait emporté les clefs. Il ne pouvait même pas me proposer une cigarette, car il fumait la pipe.

Je lui fis le portrait de l'homme que je cherchais conformément à la description que l'ingénieur m'en avait faite. Le commandant apprit avec étonnement que la maison dans laquelle il habitait abritait un être au physique si extraordinaire. Il n'avait jamais entendu parler de l'existence d'un tel monstre.

« C'est curieux, curieux, curieux ! grommela-t-il. J'habite ici depuis que j'ai quitté le régiment. Toute la rue est remplie de commères. Quand madame Dolezal, au numéro 6, fait de la langue de bœuf à la sauce aux câpres, tous les enfants de la rue sont au courant. Tu me dis qu'il ne sort jamais ! Mais on devrait bien l'avoir entendu à un moment ou à un autre. Quelqu'un ne peut pas rester caché comme cela. Sais-tu ce que je crois, capitaine ? Tu as été victime d'une mauvaise farce. Un plaisantin, un blagueur, un vaurien s'est payé ta tête – tu m'excuses, capitaine, n'est-ce pas ? » Il réfléchit un instant. « D'un autre côté… Tu dis qu'il est italien ? Attends un peu, attends un peu… Jusqu'à l'année dernière, il y avait un Serbo-Croate qui habitait dans l'immeuble. Il parlait assez mal l'allemand, et j'étais la seule personne avec qui il pouvait s'exprimer dans sa langue maternelle ; en effet, j'ai passé deux ans en garnison à Prijepolje, tu sais, dans ce trou infâme – j'en ai des frissons quand je pense à cette époque. Je pourrais t'en raconter des histoires, sur Novibazar. Enfin, laissons cela ! Mais lui, il n'était pas gros du tout, bien au contraire. Il s'appelait Dulibic, je m'en souviens à présent, et c'était le neveu d'un député – rien que des traîtres, et s'il n'en tenait qu'à moi… Mais ce n'est certainement pas de lui dont tu parles, car l'année dernière, il a déménagé à Budapest. Dulibic, c'est cela, il s'appelait Dulibic. Attends un instant ! Il y a des locataires que je n'ai pas vus pendant deux ou trois semaines. Je demande à la concierge : “Que se passe-t-il avec monsieur Kratky, on ne le voit plus ces derniers temps ?” Une otite ! Maintenant, il ressort à nouveau de chez lui. Il est encore un peu pâle et affaibli. Une maladie comme cela vous fatigue. Mais premièrement, ce n'est pas un Italien, et puis il n'est pas vraiment non plus ce qu'on appelle gros. »

Il réfléchit. Soudain, il sembla avoir une idée.

« Mais peut-être est-ce monsieur Albachary que tu cherches, dit-il d'une voix étouffée avec un sourire perplexe et indulgent. Ne sois surtout pas gêné à cause de moi. À quoi bon, d'ailleurs. Nous sommes militaires tous les deux. Moi aussi, j'ai été jeune autrefois. Monsieur Gabriel Albachary habite au deuxième étage, porte numéro 8. Tu n'as pas idée des gens qui viennent le voir. Ce sont des gens bien, des *gentlemen*. Enfin, il peut arriver à tout le monde d'être dans une situation telle qu'on a besoin des services de monsieur Albachary. Il n'y a rien à redire à cela. On dit d'ailleurs que c'est un homme très cultivé, un grand collectionneur devant l'Éternel : il s'intéresse aux tableaux, aux antiquités, à tous les objets ayant un rapport avec Vienne ou le théâtre, enfin, à toutes sortes de choses. C'est un monsieur d'un certain âge, toujours élégamment vêtu, toujours impeccable. Simplement, il prend dix, douze ou quinze pour cent, parfois même plus. »

Je n'avais pas envie d'être considéré comme le client d'un usurier et je décidai donc de mettre le commandant dans la confidence, en ne lui disant que le strict nécessaire.

« Je n'ai pas d'ennuis d'argent, mon commandant, dis-je avec insistance. Monsieur Albachary ne m'intéresse pas. En deux mots, il s'agit du comédien Eugen Bischoff que vous connaissez peut-être de nom, mon commandant. Il s'est rendu plusieurs fois dans cet immeuble ces derniers jours, et selon toute vraisemblance, son suicide est lié à ces visites. Il s'est tiré une balle dans la tête hier soir, dans sa villa. »

Le commandant se leva d'un bond, comme électrisé.

« Que me dis-tu là ? Le comédien Bischoff ?

— Oui. Il m'importe beaucoup de savoir…

— Il s'est donné la mort ? Impossible ! Les journaux en ont-ils déjà parlé ?

— Probablement.

— Le comédien Bischoff ! Si tu m'avais dit cela tout de suite ! Bien sûr qu'il est venu ici. Avant-hier, non, attends un peu, vendredi dernier, vers midi…

— L'avez-vous vu, mon commandant ?

— Pas moi, mais ma fille. Que me dis-tu là ! Le comédien Bischoff. Avait-il des problèmes d'argent ? Des dettes ? »

Je ne répondis pas.

« Ce sont les nerfs, reprit-il. Les nerfs, probablement ! De nos jours, les artistes sont surmenés, éreintés. C'est aussi l'avis de ma fille. Ils sont distraits, étourdis. Au début, il n'a même pas compris ce qu'elle lui demandait. Ma fille… Il faut que tu saches que nous avons tous un violon d'Ingres dans la famille. Moi, je collectionne les timbres commémoratifs. Quand j'ai terminé une série, je la vends. Je trouve toujours des amateurs. Ma fille, elle, s'intéresse plutôt aux autographes. Elle a un album entier rempli de signatures : des peintres, des virtuoses, des personnalités, des comédiens, des chanteurs, rien que des célébrités. Et vendredi midi, elle arrive tout énervée et me dit : “Devine un peu, papa, qui j'ai croisé dans l'escalier ! Bischoff !” Elle saisit son album et ressort immédiatement. Ensuite, au bout d'une heure, elle revient tout heureuse – elle a attendu tout ce temps dans l'escalier, mais elle ne l'a pas raté, et il a signé son album.

— Et où se trouvait-il pendant ce temps-là ? lui demandai-je.

— Chez monsieur Albachary, où veux-tu qu'il soit allé ?

— Est-ce une simple supposition de votre part ou...

— Mais non ! Elle l'a vu sortir de chez lui. Monsieur Albachary l'a raccompagné jusqu'à la porte. »

Je me levai et remerciai le commandant pour toutes ces informations.

« Tu veux déjà partir ? dit-il. Si tu as encore une minute, tu seras peut-être intéressé par ma collection. Je n'ai pas de pièces extraordinaires, je prends ce que je trouve, et tu ne verras pas de raretés chez moi. »

Il désigna de sa pipe l'album de timbres ouvert et dit :

« Honduras. Dernière émission. »

Quelques minutes plus tard, je sonnai à la porte de monsieur Albachary.

Un grand gaillard roux en bras de chemise vint m'ouvrir et me fit entrer.

Non, monsieur n'était pas là. Quand il rentrerait ? Il ne le savait pas. Peut-être dans la soirée.

Je restai planté devant lui, l'air indécis, en me demandant si je devais l'attendre. J'entendis un bruit de pas et des toussotements impatients dans la pièce attenante dont la porte était restée entrouverte.

« C'est un autre monsieur qui désire parler à monsieur Albachary, dit le gaillard. Voilà une demi-heure déjà qu'il attend. »

Mon regard tomba sur le portemanteau. Il y avait là un raglan et un chapeau de velours vert ; une canne vernie noire au pommeau d'ivoire était appuyée au mur. Diable, pensai-je en un éclair, il me semble bien connaître cette canne, ce chapeau et ce manteau ! Une connaissance ! Il ne manquait plus que je rencontre l'un de mes amis dans l'appartement d'un usurier ! Vite, il faut partir avant qu'il ne lui prenne l'envie de voir qui est arrivé.

J'indiquai que je reviendrais une autre fois, peut-être le lendemain à la même heure, et me hâtai de disparaître.

En bas, sous le porche, je me souvins tout à coup de l'endroit où j'avais vu le chapeau, le raglan et la canne au pommeau d'ivoire. Je m'arrêtai net, tant j'étais troublé. C'était impensable ! Non, je me trompais. Il était impossible qu'il m'eût devancé ! Et pourtant, il n'y avait pas de doute possible : l'homme dont le manteau était suspendu dans l'antichambre du Juif était l'ingénieur.

XIV

Il pleuvait à verse quand je sortis de sous le porche. La rue était presque déserte ; le chauffeur, enveloppé dans un pardessus en caoutchouc, était assis derrière le volant de sa voiture et lisait un journal dégoulinant de pluie. Une sensation de malaise m'envahit. Je n'arrivais pas à comprendre quelles réflexions avaient si rapidement et de façon aussi sûre conduit l'ingénieur sur les traces invisibles d'Eugen Bischoff et, à dire la vérité, je cessai rapidement de me poser ces questions. Je ne savais qu'une chose : mes investigations avaient été totalement inutiles. Les renseignements pris au commissariat, l'interrogatoire du chauffeur, la visite rendue au vieux commandant, tout cela n'avait été que peine perdue, un après-midi fichu. J'étais affamé et fatigué, j'avais froid, et la pluie me fouettait le visage. Des vêtements secs, une chambre bien chauffée ! Je voulais rentrer aussi vite que possible.

Le chauffeur s'affaira près du bidon d'essence puis se redressa.

« Au 18, Myrthengasse », dis-je.

C'était mon adresse. Mais au moment même où la voiture démarra, il me vint une idée qui me fit changer d'avis aussitôt. Je croyais avoir suivi jusqu'au bout la piste que j'avais trouvée, mais en fait, elle ne s'arrêtait pas là ! L'accident de la Burggasse ! Pourquoi la voiture avait-elle emprunté cette rue ? Il est curieux que cet aspect des choses ne m'eût pas frappé plus tôt. La Burggasse n'était pas sur le chemin que devait prendre

Eugen Bischoff pour rentrer chez lui. Qu'est-ce qui pouvait avoir amené le chauffeur à faire un tel détour ? Je devais en avoir le cœur net.

Je fis arrêter la voiture. Au beau milieu de la rue, sous une pluie battante, je me mis à interroger le chauffeur.

« Où deviez-vous conduire ce monsieur, vendredi dernier, lorsque vous avez eu votre accident ?

— Dans la Myrthengasse, répondit le chauffeur.

— Faites donc un peu attention ! m'écriai-je, irrité. N'avez-vous donc pas compris ? C'est moi qui me rends dans la Myrthengasse, au numéro 18. C'est là que j'habite. Mais je vous ai demandé à quelle adresse vous deviez conduire ce monsieur.

— Eh bien, dans la Myrthengasse, dit-il d'un ton égal.

— Dans la Myrthengasse ? Au numéro 18 ? Chez moi ? criai-je, interloqué.

— Non, pas chez vous, monsieur. À la pharmacie.

— Quelle pharmacie ? La pharmacie de l'Archange Michel ?

— Je n'en vois qu'une dans cette rue. Il est bien possible qu'elle s'appelle comme ça. »

Qu'est-ce que cela signifie, me demandai-je tandis que la voiture redémarrait. Il quitte l'appartement de l'usurier et se rend dans une pharmacie. Comme c'est étrange ! Et en plus, cette pharmacie ne se trouve pas du tout sur son chemin. Il doit bien y avoir une explication à cela ! Il ne faisait pas de doute pour moi qu'il existait un lien entre la visite d'Eugen Bischoff chez l'usurier et le fait qu'il se fût rendu dans cette pharmacie. Quel succès si j'arrivais à découvrir ce lien ! Et ce n'est peut-être pas si difficile que cela, me dis-je. Il me suffira d'aller à la pharmacie. De toute façon, il faut que j'achète du bromure, et je trouverai facilement un prétexte pour engager la conversation. Le secret médical ? Impossible ! Les pharmaciens n'y sont pas tenus... À moins que... Peu importe, il faudra que je fasse preuve d'un peu de doigté. Je m'adresserai au vieux gérant qui me salue toujours si dévotement – « Je suis votre très dévoué serviteur, monsieur le baron, j'espère que vous nous ferez bientôt l'honneur... » –, ou peut-être devrais-je parler au pharmacien lui-même, ou bien...

Dieu du ciel ! J'avais martyrisé mon cerveau toute la journée et voilà que le hasard... Mais non, ce n'était pas un hasard. C'était bien sûr à cause d'elle qu'Eugen Bischoff s'était rendu à la pharmacie de l'Archange Michel ; il la connaissait depuis son enfance et c'était à elle qu'il s'était confié. Et moi, je la voyais tous les jours, de ma fenêtre, quand elle allait à son cours, à l'université, avec son cartable sous le bras – petite, rousse, toujours pressée, toujours en nage –, et récemment encore, au foyer du théâtre... Voilà pourquoi sa voix m'avait semblé si familière au téléphone ! Je compris également pourquoi le timbre de cette voix avait éveillé en moi le souvenir d'une odeur inhabituelle – l'essence d'éther, l'huile de térébenthine. Il s'agissait bien sûr de l'odeur de la pharmacie.

J'étais dans un état d'agitation extrême, car je mesurais l'ampleur de la découverte que je venais de faire. Cela me fit penser à l'ingénieur qui perdait son temps à attendre dans l'appartement du vieil usurier tandis que moi, deux minutes plus tard, je serais en face de la jeune fille qui avait prononcé ces mots étranges à propos du Jugement dernier et dont le sens avait un rapport mystérieux avec le suicide d'Eugen Bischoff. L'instant qui devait m'apporter la solution de cette énigme tragique était très proche, me sembla-t-il, et je l'affrontai avec un vague sentiment de crainte, d'angoisse que je ne parvenais pas à m'expliquer, tout en éprouvant une grande impatience et une immense curiosité.

Elle s'appelait Leopoldine Teichmann et était la fille d'une grande comédienne décédée – une femme d'une beauté inoubliable dont on ne prononçait le nom qu'avec une admiration remplie de ferveur dans l'univers où j'ai grandi. De sa mère, elle n'avait hérité que la chevelure rousse et une certaine soif de vivre, peut-être une ambition dévorante, car elle s'adonnait en dilettante à plusieurs activités artistiques. Elle peignait. Je me souvenais d'un tableau qu'elle avait exposé lors d'une manifestation artistique – une nature morte, des dahlias et des asters aux longues tiges –, un travail d'ailleurs tout à fait médiocre. Elle s'était produite à plusieurs reprises comme danseuse à l'occasion de quelques spectacles de bienfaisance. Un jour, elle avait surpris Eugen Bischoff en lui proposant de prendre des cours d'art dramatique avec lui, mais ce projet n'avait jamais dépassé le stade des échanges de vues et des entretiens préliminaires. Quelque temps après, elle cessa de fréquenter cette société où elle avait joué un certain rôle. Confrontée à la nécessité d'apprendre un métier, elle s'était lancée dans les études de pharmacie. Comme je l'avais totalement perdue de vue, je fus très étonné de la retrouver un beau jour derrière le comptoir de la pharmacie de l'Archange Michel.

Il pleuvait toujours lorsque j'arrivai dans la Myrthengasse. Je m'arrêtai devant la vitrine de la pharmacie, et tout en contemplant à travers les vitres embuées l'arrangement des flacons d'alcool aromatique, de tubes de dentifrice et de boîtes de poudre, je réfléchis à la façon d'engager la conversation. Finalement, je décidai de me présenter à la jeune fille comme un ami d'Eugen Bischoff et de lui demander un entretien en tête à tête.

« Mes respects, monsieur le baron, lança le gérant dès que j'ouvris la porte. Prenez la peine d'entrer. Que désirez-vous ? Je suis à votre service. »

La boutique était remplie de monde : il y avait là un employé de banque qui sortait une ordonnance de son portefeuille, deux femmes de chambre, un jeune homme blond très pâle, portant des lunettes d'écaille, et qui, en attendant, feuilletait un magazine illustré, un petit garçon pieds nus qui voulait des bonbons au plantain et une vieille femme qui portait un cabas et désirait des gouttes pour les yeux, une infusion de guimauve, de la pommade dermatologique de Prague, « et puis quelque chose pour purifier le sang ». Le pharmacien était assis à un bureau dans la pièce attenante. Je n'aperçus nulle part mademoiselle Teichmann.

« Quel sale temps ! remarqua le gérant en transvasant du solvant dans une bouteille. Monsieur le baron a certainement pris froid lui aussi. Moi, je dis toujours qu'il faut prendre un quart de vin, le réchauffer, et y ajouter une écorce de cannelle. Voilà mon remède ! Avec un peu de fleurs de muscadier, un clou de girofle, le tout bien sucré. C'est un remède très efficace. Et le soir, une compresse chaude – cela fait quatre-vingts hellers, monsieur von Stiberny. Je vous remercie, j'ai bien l'honneur, monsieur von Stiberny, je suis votre très dévoué serviteur ! »

Il suivit du regard le jeune homme pâle aux lunettes d'écaille qui venait de quitter la boutique, attendit quelques instants et, se tournant vers moi, dit à mi-voix :

« Le monsieur qui vient de sortir est un cas très intéressant. C'est un hémophile. Il a déjà consulté tous les médecins, professeurs, spécialistes – personne ne peut rien pour lui. Un hémophile. Il y en a un sur mille.

— Monsieur Stiberny ? Ah bon ! On en apprend des choses ! » dit la vieille femme au cabas.

Je demandai un somnifère, et l'on me donna quelques pastilles blanches dans une petite boîte en carton.

« La demoiselle qui me sert d'habitude n'est pas là aujourd'hui ? demandai-je.

— Mademoiselle Poldi ?

— Je crois qu'elle s'appelle ainsi, en effet. Vous savez, c'est cette demoiselle rousse.

— Elle avait sa demi-journée de congé aujourd'hui, car elle était de garde la nuit dernière. Elle doit arriver d'un instant à l'autre. Il est cinq heures. En fait, elle devrait déjà être là depuis une heure. Voulez-vous lui laisser un message ?

— Ce n'est pas nécessaire. Je reviendrai plus tard, répondis-je. Ce n'est rien d'important. Je voulais simplement lui transmettre les amitiés de l'un de nos amis communs que j'ai rencontré à Graz. En passant devant la pharmacie, je suis entré pour voir si elle était là. En tout cas, vous pouvez me donner son adresse. »

En regardant le visage du gérant, je compris que l'histoire de l'ami commun ne lui semblait pas très crédible. Il me lança un regard inquisiteur, nota ensuite l'adresse sur un bout de papier et dit en me le tendant :

« Deuxième étage, porte numéro 21, chez le conseiller à la Cour Karasek – c'est son grand-père. Mademoiselle Poldi est une jeune fille de bonne famille. On dit d'ailleurs qu'elle est fiancée. Il me semble bien avoir entendu dire cela. »

Sur le papier que m'avait remis le gérant, je lus :

Leopoldine Teichmann, 11, Bräuhausgasse. Je ne me rendis pas immédiatement à cette adresse : en effet, il était à craindre qu'elle fût déjà en route pour la pharmacie, et j'avais peur de la manquer.

Pendant un moment, je l'attendis en faisant les cent pas devant la pharmacie. Vers six heures, une nouvelle et violente averse m'obligea à me réfugier chez moi. Je pouvais surveiller la porte d'entrée de la pharmacie depuis les fenêtres de ma chambre à coucher.

Elle ne vint pas, et le temps passait. La nuit commença à tomber, et j'avais du mal à distinguer le visage des gens qui allaient et venaient. Quand j'entendis qu'on baissait les premiers rideaux de fer dans la rue, j'abandonnai mon poste d'observation. Il ne me semblait pas très vraisemblable qu'elle arrivât encore à cette heure.

Je devais y aller. J'en aurai pour vingt minutes de trajet, me dis-je. Je la trouverai en train de dîner ; c'est désagréable. Envahir des gens qu'on ne connaît pas à une heure pareille ! Et elle ne sera peut-être même pas chez elle. Elle sera allée au théâtre ou chez une amie. Tant pis. Je l'attendrai. Il faut que je lui parle aujourd'hui même.

Je perdis beaucoup de temps à trouver une voiture. Il était presque huit heures quand j'arrivai enfin dans la Bräuhausgasse, située dans un faubourg populaire de la ville. Le numéro 11 était un immeuble de quatre étages, un peu triste. Un cinéma, une boutique de chiffonnier, un coiffeur et un débit de vin formaient la façade de la maison. La cage d'escalier était mal éclairée, et dès le deuxième étage, on n'y voyait plus rien. Je n'avais pas d'allumettes sur moi et je tentai sans succès de déchiffrer les numéros des portes.

J'entendis des pas. Deux hommes gravirent l'escalier dans le noir. Je ne bougeai pas et tendis l'oreille. À présent, ils étaient arrivés au deuxième étage. Une lampe de poche s'alluma, un mince cône de lumière tomba sur l'une des portes, glissa le long du mur, se promena vers la droite, puis en sens inverse, s'immobilisa et fit surgir une plaque de laiton dans l'obscurité.

« Friedrich Karasek, conseiller à la Cour honoraire, fit la voix du docteur Gorski.

— Docteur, m'écriai-je, interloqué. Qu'est-ce que vous faites ici ? »

La lumière de la lampe de poche tomba sur mon visage.

« Vous voilà, baron, fit la voix de l'ingénieur.

— Vous aussi, dis-je, consterné. Et vous ne semblez pas surpris de me trouver ici ?

— Surpris ? Vous aimez la plaisanterie, baron. Je ne doutais pas le moins du monde que vous liriez les journaux du soir », dit l'ingénieur en tirant la sonnette.

XV

Je ne compris pas ce qu'il avait voulu dire par là, car cette rencontre inattendue avait provoqué en moi un étonnement sans bornes. Ce n'est qu'au moment où la vieille femme ouvrit la porte et que j'aperçus son visage gonflé de larmes, son regard bouleversé, que je compris qu'un malheur avait frappé cette maison.

L'ingénieur se présenta.

« Solgrub, dit-il. Je suis le monsieur qui a téléphoné il y a une heure.

— Le jeune monsieur Karasek vous demande de patienter quelques instants, messieurs, dit la vieille femme à voix basse. Il rentrera dans un quart d'heure. Il est passé rapidement à l'hôpital. Si vous voulez vous donner la peine d'entrer, messieurs, mais ne faites pas de bruit, afin que monsieur le Conseiller ne vous entende pas, car… il ne sait rien. Nous ne lui avons encore rien dit.

— Il n'est pas au courant ? demanda le docteur Gorski d'une voix étonnée.

— Non. Il a appelé mademoiselle il y a un quart d'heure à peine. D'habitude, elle lui lisait le journal le soir. Mademoiselle Poldi est à la pharmacie, lui ai-je dit. À présent, il s'est endormi dans son fauteuil, le journal à la main. C'est tout droit. Je vous en prie, entrez. Le jeune monsieur Karasek sera de retour dans un instant.

— Des meubles Biedermeier ! » constata l'ingénieur en échangeant un regard entendu avec le docteur

Gorski. Puis il s'adressa de nouveau à la vieille femme : « Le jeune monsieur Karasek, c'est le fils de monsieur le Conseiller, n'est-ce pas ?

— Non, c'est son petit-fils. C'est le cousin de mademoiselle Poldi.

— Et le drame s'est produit dans cette pièce, c'est bien cela ?

— Non, ce n'est pas arrivé ici, mais dans le cabinet où mademoiselle Poldi avait installé son laboratoire. Ce matin, je suis dans la cuisine et je parle avec Marie – il faut vous dire que cela fait trente-deux ans que je suis gouvernante dans cette maison –, ce matin donc, je me trouve à la cuisine et je vois arriver le jeune monsieur Karasek. "Madame Sedlak, me dit-il, vite, est-ce que vous avez du lait chaud ?" "Pour qui donc du lait chaud ? demandai-je. Pour monsieur le Conseiller ?" "Non, me répond le jeune monsieur. C'est pour Poldi. Elle est couchée par terre et elle a des crampes." En entendant cela, je prends peur. Le jeune monsieur, lui, reste calme – rien ne peut lui faire perdre son sang-froid. Moi, bien sûr, je prends la casserole de lait sur le fourneau et je me précipite dans la chambre. Mademoiselle était allongée par terre et se débattait. Mon Dieu, son petit visage était blanc comme le mur, ses lèvres étaient toutes bleues. J'ai à peine le temps de dire que c'est une crise d'épilepsie et de saisir ses mains, quand tout à coup, je crie : "Jésus Marie ! La demoiselle tient un flacon à la main !" "Que se passe-t-il ?" s'écrie le jeune monsieur. "Pourquoi criez-vous comme cela ?" Il aperçoit alors le flacon, le prend, respire l'odeur et se précipite vers le téléphone. "Mademoiselle ! Une ambulance !" Quelques minutes plus tard, ils étaient là. C'est encore une chance qu'ils aient fait si vite, et le docteur qui était présent m'a dit lui aussi qu'il n'y avait pas une minute à perdre, et qu'il restait peut-être encore un espoir. Puis il a ajouté qu'il était exclu qu'elle se soit trompée et qu'une pharmacienne expérimentée devait reconnaître immédiatement cette substance à l'odeur. Ces messieurs voudront bien m'excuser, mais il faut que je retourne à la cuisine, car quand monsieur le Conseiller se réveillera, il réclamera tout de suite son riz au lait. »

Elle referma la fenêtre, arrangea un napperon de soie jaune posé sur le piano, promena un dernier regard inquisiteur dans la pièce, trouva que tout était en ordre et sortit. Je me levai pour regarder les tableaux suspendus aux murs – du travail d'amateur. C'étaient des aquarelles et de petits pastels : un marronnier en fleur, le portrait d'un jeune homme jouant du violon, une place de marché à la campagne – composition assez médiocre. Il y avait aussi le tableau que j'avais vu dans cette exposition de peinture, des asters et des dahlias dans un vase japonais aux reflets verdâtres. Il n'avait donc pas trouvé preneur. Mais plus que tout cela, c'est un autre tableau qui attira mon attention : il était accroché sur le mur près du piano, à moitié dans l'ombre. C'était une peinture à l'huile représentant la belle Agathe Teichmann dans le costume de Desdémone. Je la reconnus immédiatement bien que vingt années eussent passé depuis le jour où je l'avais vue pour la dernière fois.

« Quelles curieuses retrouvailles après vingt ans, docteur ! » dis-je en montrant le portrait de la grande tragédienne.

Une immense tristesse s'empara de moi, et je sentais à quel point ma propre jeunesse m'était devenue étrangère. Pendant un instant, j'entrevis avec une lucidité douloureuse la fuite des années et la course impitoyable du temps.

« Agathe Teichmann…, dit le docteur en ajustant son lorgnon. Je ne l'ai vue qu'une seule fois sur scène. Agathe Teichmann ! Quel âge aviez-vous, à l'époque, baron ? Vous étiez encore bien jeune, il me semble. Vous aviez peut-être dix-neuf ans, vingt tout au plus. Ce n'est pas un souvenir tout à fait serein, n'est-ce pas ? Moi, voyez-vous, je n'ai jamais eu de chance auprès des femmes. C'est la raison pour laquelle je peux me trouver en face d'un vieux tableau le cœur paisible. Je l'ai vue une seule fois dans le rôle de Médée, c'est tout. »

Je ne répondis pas. L'ingénieur nous regardait tous les deux sans comprendre. Il hocha la tête, jeta un regard furtif sur le tableau et se rendit dans le cabinet.

Nous restâmes seuls dans le salon à attendre. Le docteur s'impatientait et regardait fréquemment sa montre. Moi aussi, je commençais à trouver le temps long. Je pris un livre posé sur le bureau, l'ouvris, mais il s'agissait d'un dictionnaire, et je le remis aussitôt là où je l'avais pris.

Finalement, au bout d'un quart d'heure, l'ingénieur nous rejoignit. Il semblait avoir cherché quelque chose par terre, car ses mains étaient couvertes de poussière et de saleté. Le docteur Gorski se leva d'un bond.

« Solgrub, qu'avez-vous trouvé ? » lui demanda-t-il.

L'ingénieur hocha la tête.

« Rien.

— Vraiment rien ?

— Pas la moindre trace. Pas le moindre indice, répéta l'ingénieur en jetant un regard distrait sur ses mains.

— Il y a de l'eau, là-bas, dit le docteur. Vous êtes sur la mauvaise piste, pourquoi ne voulez-vous pas l'admettre, Solgrub ? Vous avez passé toute la journée à poursuivre ce fantôme. Votre monstre n'existe pas, n'a jamais existé. Votre monstre, c'est le résultat dérisoire d'une démarche erronée, ce n'est qu'une chimère. Combien de fois devrai-je vous le répéter ? Vous vous accrochez à une idée fausse et vous n'avancez pas.

— Et quel plan proposez-vous, docteur ? lui demanda l'ingénieur, qui se lavait les mains dans la cuvette.

— Nous devons essayer de convaincre Félix.

— C'est sans espoir.

— Laissez-moi un peu de temps !

— Du temps ? Non, je ne peux pas vous laisser ce délai, docteur. Seriez-vous donc aveugle ? Ne voyez-vous pas le baron qui se tait et nous laisse parler ? Il ne permettra jamais que sa parole d'honneur soit l'objet d'une discussion dont l'issue est plus qu'incertaine. Il a pris sa décision, et il fera demain ce que Félix exige de lui. Demain peut-être, peut-être ce soir même. Il a le doigt posé sur la gâchette, et vous, vous exigez qu'on vous laisse un peu de temps ! »

Je voulus le contredire, protester, mais l'ingénieur ne me laissa pas prendre la parole.

« Je suis sur une mauvaise piste, bien sûr ! s'écria-t-il. Vous m'avez dit la même chose cet après-midi, docteur, quand je me suis renseigné à la station de taxis, devant le théâtre, sur le chauffeur qui a conduit Eugen Bischoff chez son meurtrier. Ensuite, quand j'ai trouvé la maison et que je gravissais les escaliers, vous m'avez lancé que j'étais sur une mauvaise piste et que je m'accrochais à une idée erronée…

— Vous êtes allé dans l'appartement de l'usurier ? intervins-je.

— L'usurier ? s'écria l'ingénieur, interloqué. De quel usurier parlez-vous ?

— De Gabriel Albachary, au numéro 8 de la rue de la Bastide-des-Dominicains.

— Le Juif est usurier ? Vous ne m'en aviez rien dit, docteur.

— C'est un prêteur sur gages, c'est vrai, admit le docteur Gorski. Ce n'est pas une connaissance dont on puisse être particulièrement fier. Mais par ailleurs, c'est l'un de nos meilleurs spécialistes d'art et un grand collectionneur. Eugen Bischoff le connaissait depuis presque vingt ans et utilisait parfois son édition des œuvres de Shakespeare et sa collection de reproductions de costumes.

— Avez-vous parlé avec cet homme, ingénieur ? lui demandai-je.

— Non. Il n'était pas chez lui, et j'ai profité de cette occasion pour chercher des traces du meurtrier dans l'appartement.

— Et il vaut peut-être mieux ne pas parler des résultats que vous avez obtenus, n'est-ce pas, Solgrub ? objecta le docteur Gorski.

— Taisez-vous ! » hurla l'ingénieur, mais au même moment, il se souvint qu'il n'était pas chez lui et baissa la voix. « Je ne l'ai pas trouvé, je l'admets, mais c'est simplement parce que je me faisais une fausse idée de lui. Voilà pourquoi je ne l'ai pas trouvé. Je me faisais une fausse idée de lui. Je me suis probablement trompé quelque part dans mon raisonnement. Il doit y avoir une erreur dans ma démarche. Mais il est là-haut, le meurtrier ; il n'a pas quitté l'appartement, il ne peut l'avoir quitté, et je saurai bien le trouver, docteur, soyez-en sûr. »

En entendant ces mots, je perçus un sentiment confus qui s'éveilla en moi et s'amplifia, une sorte d'orgueil qui me poussa à ôter ses certitudes à l'homme qui se tenait devant moi, à faire naître le doute dans son esprit, et d'une voix cinglante, après y avoir bien réfléchi, je lançai :

« Et si je vous disais à présent que Félix a raison ? Que les choses se sont déroulées exactement comme il l'a décrit hier ? Si je vous avouais en cet instant que je suis effectivement le meurtrier d'Eugen Bischoff ?... »

Le docteur Gorski saisit mon bras et me regarda fixement, sans mot dire. L'ingénieur hocha la tête.

« Cela n'a pas de sens, dit-il. Ne dites pas de sottises. Vous n'imaginez tout de même pas que vous parviendrez à m'abuser. Avez-vous entendu ? On a sonné. C'est le jeune Karasek. Si je peux me permettre, j'aimerais que vous me laissiez lui parler ! »

XVI

« Il nous prend pour des journalistes, me dit le docteur Gorski à voix basse. Ne le détrompez pas ; Solgrub veut qu'il en soit ainsi. C'est bien que vous soyez en civil. Le représentant d'un journal local en uniforme de capitaine de dragons muni de la clef de la trésorerie municipale, ce ne serait pas... »

Le jeune homme qui pénétra à cet instant dans la pièce semblait être un individu tout à fait insignifiant qui aurait pu jouer le rôle d'un *arbiter elegantiarum* à une table de café de banlieue. Il nous salua – « J'ai bien l'honneur, messieurs ! » –, se présenta – « Je m'appelle Karasek » –, se passa la main sur la raie soigneusement tracée et nous offrit des cigarettes bon marché qu'il conservait dans un étui de métal argenté.

« C'est très aimable à vous, dit l'ingénieur, de nous consacrer un peu de votre temps après tous les événements de cette journée. Permettez-moi tout d'abord de vous demander des nouvelles de la jeune fille.

— Je vous en prie, je vous en prie, se récria le jeune Karasek. Je sais... Les impératifs des journalistes... Toujours sur la brèche. Mon défunt père entretenait beaucoup de contacts avec les gens de la presse. Hermann Karasek, président de la dix-huitième chambre du Tribunal, premier conseiller du service d'Urbanisme. Peut-être l'un de ces messieurs a-t-il eu l'occasion de le rencontrer... Ce ne serait pas impossible, après tout. Ah oui, ma cousine ! On ne m'a malheureusement pas laissé la voir. » Il se pencha en avant et, comme s'il trahissait un secret d'État, ajouta à mi-voix : « Le professeur fait une tentative avec du chlorure d'éthyle.

— Des inhalations, je suppose ? demanda le docteur Gorski.

— Du chlorure d'éthyle, répéta le jeune Karasek. Il faut tout tenter.

— Avez-vous parlé au médecin ? demanda l'ingénieur. Pensez-vous qu'il soit possible que l'état de la jeune fille se soit assez amélioré d'ici demain pour recevoir des visites ?

— Demain ? C'est peu probable, peu probable, répondit le jeune homme avec un hochement de tête. Le médecin dit... J'ai parlé à l'assistant, car le professeur, comme vous pouvez l'imaginer, est très occupé et il n'a bien évidemment pas beaucoup de temps. L'assistant dit qu'elle ne passera probablement pas la nuit, sauf s'il se produit un miracle – on peut toujours espérer –, et l'infirmière est du même avis.

— C'est si grave que cela ? » demanda l'ingénieur.

Karasek leva les mains d'un air désolé et les laissa retomber. Le docteur Gorski se leva et saisit son chapeau.

« Vous partez déjà, messieurs ? demanda le jeune homme. Attendez un instant encore, s'il vous plaît. Je me suis dit qu'un petit rafraîchissement... Je sais que vous avez déjà dîné, mais peut-être prendrez-vous un café noir. Il y en a pour deux minutes à peine. Je vais donner l'ordre qu'on en prépare. Ah oui ! Je voulais vous demander avec lequel d'entre vous j'ai eu l'honneur de parler au téléphone. Cela m'intéresserait de le savoir.

— C'est moi qui vous ai appelé, dit l'ingénieur.

— Car enfin, comment saviez-vous... Je n'en revenais pas, comme on dit. Bon, c'est vrai, elle fumait beaucoup – douze ou même quinze cigarettes par jour ; parfois, on la voyait avec une cigarette à la bouche avant même le petit déjeuner. Mais de nos jours, une jeune fille comme elle… Ce sont des choses qui arrivent. Il ne faudrait pas que mon grand-père l'apprenne, je vous en prie. C'est un vieux monsieur de près de quatre-vingts ans, et il est encore de l'ancien temps. Mais comment saviez-vous que ma cousine, juste avant, à peine cinq minutes plus tôt… J'en suis resté sans voix. Et je me suis dit : quel homme étrange. D'où peut-il tenir ses renseignements ?

— L'affaire s'explique aisément, répondit l'ingénieur. Je suis en mesure de vous dire que la tentative de suicide de votre cousine n'était pas délibérée, mais qu'elle a eu lieu sous la contrainte. Or trois cas tout à fait similaires de suicide forcé se sont produits ces temps-ci – le dernier en date a eu lieu il y a vingt-quatre heures à peine. Manifestement, une seule et même personne est mêlée à toutes ces affaires, et dans les trois cas, sa méthode était la même. Donc, la jeune fille vous a demandé une cigarette juste avant de passer à l'acte ?

— Une cigarette ? Non, il n'a pas été question de cela. Elle en avait un paquet plein sur son bureau. Elle m'a simplement demandé du papier à cigarettes.

— Du papier à cigarettes ! s'écria l'ingénieur d'une voix qui tremblait d'émotion. Du papier à cigarettes ! Devinez un peu, docteur, dans quel but Eugen Bischoff a emporté la pipe. Une question encore, monsieur Karasek, avant que nous partions. Une question qui va peut-être vous sembler curieuse : avez-vous entendu votre cousine parler ces derniers temps du jugement de Dieu ? Comprenez-vous ce que je veux dire ? Le Jugement dernier.

— Oui, monsieur... Pouvez-vous me rappeler votre nom ?

— Solgrub, Waldemar Solgrub, répondit l'ingénieur d'une voix agacée. Et dans quel contexte en a-t-elle parlé ? Réfléchissez, peut-être vous en souviendrez-vous.

— Dans quel contexte ? Elle en a parlé en liaison avec la peinture. C'était une de ses idées, à l'époque où elle a dîné un soir avec Ladstätter et moi... Mais auparavant, il faut que je vous explique que Poldi est fiancée à l'un de mes amis, un collègue du bureau – un homme très sympathique qui vient ici tous les jours et qui voulait l'épouser au printemps. Il n'a pas beaucoup d'argent, mais il a un bon poste, et elle aussi gagne sa vie, elle a un métier, un trousseau, des meubles, bref, tout va pour le mieux, et grand-père a donné sa bénédiction. La semaine dernière, jeudi, nous avons dîné au Cerf. Nous étions un petit groupe, quelques filles, quelques collègues. C'était la fête de l'un d'eux. La soirée fut très animée, et sur le chemin du retour, nous trois – Poldi, Ladstätter et moi – sommes partis devant. Ladstätter avait emporté sa guitare, et tout à coup, Poldi a recommencé : la pharmacie ne lui plaisait pas, et elle voulait se consacrer de nouveau à la peinture. Ladstätter, au lieu de la laisser parler, s'arrête et se fâche : "Poldi ! dit-il, si tu parles sérieusement, il faut que tu saches bien ce que tu fais, car si cela ne te dit rien que nous nous mariions en mars... Tu sais que je ne possède pas grand-chose, et il faut que je puisse compter avec ce que tu gagnes en plus, au moins pour le début. Si tu quittes la pharmacie..." "Et qui te dit, rétorque Poldi, que je ne vais pas gagner beaucoup plus d'argent grâce à mes tableaux, des sommes qui n'ont rien à voir avec mon salaire." Et Ladstätter de lui répondre : "Tu as déjà exposé deux fois et tu n'as pas vendu une seule toile. On ne peut pas forcer les choses, et quand on n'a pas de relations..." "Cette fois, j'aurais du succès", dit Poldi. "Ah bon ? Et pourquoi cette fois précisément ?" lui lance Ladstätter, et Poldi répond tranquillement : "Parce que je produirai un meilleur travail. Laisse donc faire le Maître du Jugement dernier. Il y veillera."

— Le Maître du Jugement dernier ? intervint l'ingénieur. Pour l'amour du ciel, qui est-ce ? Le connaissez-vous ?

— Non, je ne le connais pas. Et Ladstätter lui a demandé : "Qui diable est cet individu ? Encore un peintre qui t'invite dans son atelier ?" Poldi se met à rire et dit : "Tu es jaloux, Ludwig ? Ce n'est vraiment pas la peine, vraiment pas. Si je te disais son âge !" Mais Ladstätter rougit et se met à crier : "Qu'il soit jeune ou vieux, Poldi, je veux savoir qui il est. C'est mon droit." Poldi le regarde alors et répond : "Bon, c'est ton droit, et quand je serai célèbre, je te le dirai. Rien qu'à toi, Ludwig, et à personne d'autre. Toi, tu auras le droit de le savoir. Mais pas avant que je sois célèbre, pas avant !" Et ensuite, les autres nous ont rejoints, et il n'a pas été possible de tirer un mot de plus de Poldi pendant tout le reste de la soirée.

— Docteur, dit l'ingénieur. Nous savons maintenant quelle est sa méthode, n'est-ce pas ? Nous connaissons l'appât. Seuls ses mobiles restent mystérieux. Que cherche-t-il donc avec ses maléfices ? Je vous en prie, poursuivez, monsieur Karasek. Que s'est-il passé le lendemain ?

— Le lendemain, à midi, Poldi est rentrée à la maison en compagnie d'un inconnu, et c'est alors que je me suis souvenu de toute cette histoire. C'était un grand monsieur, robuste, rasé de près, plus très jeune, avec quelques cheveux gris. Poldi passe à côté de moi, va dans sa chambre sans me le présenter – elle ne m'avait pas habitué à ce genre de comportement. Et je me dis que cela ne plairait probablement pas à Ladstätter qu'elle se trouve seule avec un inconnu. D'un autre côté, je ne voulais pas non plus être indiscret, et je me suis dit : attends le moment où ce monsieur repartira, interpelle-le et demande-lui ce que signifie ce comportement et ce qu'il vient chercher chez Poldi. Mais quand j'ai jeté un coup d'œil dans la chambre, une demi-heure plus tard, ce monsieur était déjà reparti. J'aperçois alors le livre posé sur la table et je dis à Poldi : "Ton monsieur a oublié son livre ; c'est un gros dictionnaire qui doit valoir assez cher…"

— Ce monsieur a oublié un livre ici ? intervint l'ingénieur. Où est-il ? Puis-je le voir ?

— Je vous en prie. Il est là-bas », répondit le jeune homme, et l'ingénieur prit le volume qui était posé sur le bureau, le même que j'avais feuilleté distraitement une demi-heure plus tôt. Il y jeta un coup d'œil et poussa un cri de surprise.

« C'est de l'italien ! C'est un dictionnaire italien ! Docteur, qui avait raison ? Le monstre parle l'italien, en voici la preuve. Eugen Bischoff avait emporté ce livre pour pouvoir se faire comprendre du monstre. Mais qu'est-ce que c'est que cela ? Regardez, docteur ! Qu'est-ce que cela signifie ? »

Le docteur Gorski se pencha sur le livre d'un air intéressé et lut la page de garde :

« Vitolo-Mangold. Dictionnaire encyclopédique de la langue italienne. Il m'a l'air assez dense et ne me semble pas très maniable. C'est un véritable ouvrage de référence.

— Et vous ne remarquez rien, à part cela ? »

Le docteur Gorski fit non de la tête.

« Vous ne remarquez vraiment rien ? insista l'ingénieur. Regardez-donc ce dictionnaire d'un peu plus près ! Monsieur Karasek, vous avez vu arriver cet homme. Êtes-vous bien sûr qu'il n'avait pas apporté un deuxième volume ?

— Non, il n'avait que celui-là. J'en suis absolument certain.

— C'est très étrange. Regardez, docteur : c'est un dictionnaire italien-allemand. Ce volume ne comprend pas la partie allemand-italien. Ce qui voudrait dire qu'Eugen Bischoff n'en avait manifestement pas besoin. Comment expliquez-vous cela ? Cela signifie donc qu'Eugen Bischoff ne parlait pas avec le meurtrier. Il l'écoutait en silence. Un instant... Laissez-moi réfléchir en paix ! L'un parle, l'autre se tait, écoute et traduit. Qu'est-ce que cela peut bien signifier ? Laissez-moi réfléchir !

— Que s'est-il passé ? fit soudain la voix aiguë et tremblante d'un vieillard près de la porte. Madame Sedlak pleure à la cuisine. Qu'est-il arrivé à Leopoldine ? »

Le conseiller à la Cour Karasek – le père d'Agathe Teichmann –, dont le visage vénérable qui ressemblait au portrait de Goethe m'était resté en mémoire depuis tant d'années, avait beaucoup changé. Un homme vieux comme Mathusalem, affreusement maigre, la fragilité même, voilà comment je le vis, appuyé sur sa canne, dans l'embrasure de la porte, fixant le sol de son regard inexpressif.

Le jeune Karasek se leva d'un bond.

« Grand-père ! bredouilla-t-il. Il ne s'est rien passé. Que pourrait-il être arrivé ? Poldi s'est allongée et dort ;

elle est là-bas, sur le canapé, tu vois bien. Elle était de garde cette nuit, la pauvre.

— Je me fais du souci pour cette gamine, soupira le vieillard. Elle n'en fait qu'à sa tête, ne m'écoute pas et refuse les conseils des autres. Tu sais bien, Heinrich, Agathe ! D'abord, le divorce. Les soucis ! Et ensuite, par la faute d'un garnement de lieutenant, je rentre à la maison, je sens l'odeur du gaz, l'appartement est plongé dans l'obscurité… Je crie : Agathe !…

— Grand-père ! » dit le jeune Karasek d'une voix suppliante, et son visage d'ordinaire si terne exprima tout à coup un souci mêlé d'une tendresse très touchante. « Grand-père, arrête. Cela s'est passé il y a si longtemps !

— J'y suis, dit soudain l'ingénieur d'une voix forte, comme s'il était seul dans la pièce. Nous pouvons partir, docteur. Nous n'avons plus rien à faire ici. »

Le vieux conseiller à la Cour leva la tête.

« Tu as de la visite, Heinrich ? demanda-t-il.

— Quelques collègues du bureau, grand-père.

— C'est bien, Heinrich. Il faut se distraire un peu, s'amuser. Une partie de cartes ? Une impériale ? Excusez-moi, messieurs, de ne pas vous avoir salués. Mais mes yeux n'y voient plus guère. J'ai toujours été un peu myope. On m'avait dit que cela s'arrangerait au fil des ans, mais chez moi, c'est tout juste le contraire. Qu'est-il arrivé à Poldi, où est-elle passée ? Je suis là et j'attends qu'elle me lise le journal.

— Grand-père ! dit le jeune Karasek en nous lançant un regard désespéré et impuissant. Laisse-la dormir, elle est fatiguée. Ne la réveille pas. Aujourd'hui, c'est moi qui te lirai le journal. »

XVII

Le docteur Gorski était d'une humeur exécrable ; il grommelait, jurait et vociférait en descendant prudemment l'escalier abrupt plongé dans la pénombre.

« Solgrub ! cria-t-il. Où est-il ? Où a-t-il bien pu passer ? C'est lui qui a ma lampe de poche. Il part devant et me laisse me débrouiller ! En voilà des manières ! Attention, il y a des marches ! Baron, où êtes-vous ? Passez donc devant moi, car je suis perdu. C'est à droite ? À gauche ? Si seulement j'avais des allumettes ! Mais je n'en ai pas emporté. Je sais que vous y voyez dans le noir – j'ai toujours dit que vous aviez des affinités avec les chats. J'ai trouvé impayable la façon dont vous vous êtes incliné en silence devant cet homme, là-haut, dans l'appartement. Où aviez-vous donc la tête ? N'aviez-vous pas remarqué que ce vieillard était aveugle ? Complètement aveugle. Que Dieu me garde de devenir aussi vieux ! Voilà enfin de la lumière ! Alléluia, grâce au ciel, nous sommes arrivés en bas ! »

Un voile ténu de brume avait envahi la rue, le ciel était couvert de nuages, les réverbères à gaz jetaient une lueur incertaine sur les pavés mouillés par la pluie. Des gens faisaient la queue devant l'entrée du cinéma. La porte du débit de vin s'ouvrit, et pendant un instant, j'entendis des voix rauques chanter au rythme de la musique d'un orgue de Barbarie.

L'ingénieur s'avança vers nous.

« Où étiez-vous passés tout ce temps ? nous demanda-t-il. Cela fait une éternité que je vous attends ici. Il est neuf heures dix : trop tard pour aller chez le Juif.

— Chez Gabriel Albachary ? s'exclama le docteur. Que diable voulez-vous aller faire encore chez lui ?

— Ce que je veux y faire ? Docteur, vous mettez du temps à comprendre, on pourrait presque dire… Un écolier saisirait les choses plus rapidement que vous. Je voudrais revoir le Maître du Jugement dernier. Cet après-midi… Qu'avez-vous à me regarder ainsi ? Le monstre ! Vous ne comprenez donc pas ? Le meurtrier d'Eugen Bischoff. »

Le docteur Gorski hocha la tête.

« Vous tenez ce vieil homme pour le meurtrier ? lui demanda-t-il.

— Quel vieil homme ?

— Le Juif.

— Dieu du ciel ! Docteur, vous avez une faculté proprement infernale à tout compliquer. Écoutez-moi bien : d'abord, il y a le papier à cigarettes. Il n'a pas été très difficile de deviner quel était son rôle. Ensuite, le livre, le dictionnaire. Je l'ai ouvert et j'ai compris qu'il contenait la clef de toute l'énigme. Il s'agissait de réfléchir, de se concentrer, mais c'est alors qu'est arrivé le vieillard, le conseiller à la Cour, avec ses questions. Je ne l'ai même pas écouté. Une démarche méthodique, docteur, n'est pas une chimère dépourvue de toute signification. Le meurtrier… Il n'entend pas, mais il parle. Qu'est-ce que cela signifie ? À présent, je sais ce que cela veut dire. L'affaire est éclaircie. Je n'ai pas de quoi être fier : toute la journée n'a été qu'une suite d'erreurs. Vraiment, le meurtrier est un monstre, un colosse, et moi, je suis resté assis en face de lui une heure durant sans le reconnaître. »

Nous descendions la rue lentement. Le docteur

Gorski me poussa du coude.

« Vous comprenez ce qu'il dit, vous ? me demanda-t-il.

— Je n'ai pas saisi un traître mot », répondis-je.

L'ingénieur me lança un regard hostile.

« Il est tout à fait superflu que vous me compreniez. À quoi bon ? L'affaire est claire, cela devrait vous suffire. Vous pourrez dormir tranquille cette nuit. Vous ne partirez pas en voyage. Il n'y aura pas d'accident de chasse. Pas de croix dans le Gotha en face de votre nom, provisoirement en tout cas. Vous me suivez jusque-là, non ?

— Ne pourriez-vous pas au moins nous expliquer en termes à peu près compréhensibles ce que vous avez découvert ? lui demanda le docteur Gorski.

— Pas aujourd'hui, docteur. Je n'ai qu'une vague idée, une vision passablement floue de ce qui s'est passé, et en outre, je ne suis pas encore parvenu à combler toutes les lacunes dans le déroulement logique des événements. Je ne sais toujours pas, par exemple, à qui était destinée la première balle tirée par Eugen Bischoff, et tant que je ne le saurai pas…

— Pourra-t-on jamais le savoir ?

— Peut-être, docteur. Qu'est-ce qui m'empêche en effet de retenter l'expérience d'Eugen Bischoff ? Il est possible que je sois en mesure de vous faire dès demain des révélations qui pourraient être déterminantes, même pour vous, baron. Je ne peux pas vous en dire plus pour le moment. Ayez un peu de patience !

— Solgrub ! s'écria le docteur Gorski. Si vous parlez sérieusement – et il semble bien que vous sachiez ce que vous dites –, pour l'amour du ciel, soyez prudent et prenez garde à vous s'il s'agit d'une expérience !

— C'est bon, docteur, répondit l'ingénieur d'un air

détaché. Croyez-vous que je me jetterais aveuglément dans la gueule du loup ? Je sais à quoi m'en tenir, et je connais parfaitement les dangers dont je dois me garder. Voyez-vous… »

Il s'arrêta et sortit de sa poche un petit revolver de forme curieuse.

« J'ai là un excellent ami, un compagnon de toujours qui m'a suivi au cours de nombreuses patrouilles nocturnes dans les collines de Kirin et de Gensan, mais dans le cas présent, il ne me sera d'aucune utilité, et il faut que je m'en sépare. Prenez-le, docteur ; je vous le redemanderai plus tard. Vous savez bien que le monstre qui se terre dans l'appartement du Juif n'assassine personne : il se contente de pousser les gens au suicide. Il n'aura donc aucun pouvoir sur moi aussi longtemps que je ne serai pas armé.

— Et qu'allez-vous faire de lui, Solgrub ?

— Il faut l'anéantir, répondit l'ingénieur d'une voix à peine audible, mais rageuse. Il faut le jeter dans les flammes : la pauvre fille que les médecins tentent de sauver cette nuit devra être sa dernière victime.

— Dans les flammes ? Vous dites qu'il faut le brûler ? Si je vous entends bien, le monstre est…

— Hé ! cria l'ingénieur. J'ai bien l'impression, docteur, que vous commencez à comprendre. Vous avez pris votre temps ! Non, le monstre n'est pas un être de chair et de sang. Il est mort depuis bien longtemps. Il s'introduit dans les esprits et y vit, mais je vais en finir avec ce spectre ! N'en parlons plus. Vous le constaterez vous-même. »

Nous étions enfin arrivés dans une rue plus animée, dans un quartier de la ville que je connaissais. C'était une large rue illuminée par des réverbères et bordée d'acacias. La caserne du 73e devait se trouver quelque part dans les environs.

« Où nous avez-vous conduits ? se lamenta le docteur Gorski. Vous nous avez fait faire un détour tout à fait inutile. Cela fait longtemps que je pourrais être chez moi.

— Je n'ai pas l'intention de vous laisser si tôt, répondit l'ingénieur. Là-bas, vous voyez le café Gulliver. Ne voudriez-vous pas prendre un kummel d'Allasch avec moi, messieurs ? »

Sans me demander mon avis, le docteur Gorski refusa cette proposition.

« Je rentre chez moi en tramway, déclara-t-il. Parfaitement, en tramway, poursuivit-il en me regardant. Je ne suis pas officier, et cela me libère donc de toutes les obligations dues à ce rang. Si cela vous chante, vous pouvez rester planté ici et attendre qu'une voiture passe par hasard.

— Allons, docteur, venez avec nous, dit l'ingénieur d'un ton aussi persuasif que possible. Avec un peu de chance, vous ferez une rencontre intéressante. Mon ami Pfisterer fréquente le café Gulliver. C'est un génie universel, un homme à la mémoire digne d'un Barnum, un véritable historien polyvalent, sans compter qu'il est également danseur, peintre, dessinateur, artiste, barman, *mezzofanti*, que sais-je encore. Il est passé maître dans l'art de berner ses créanciers, qui sont au moins au nombre de cinq cents.

— Merci bien, grommela le docteur Gorski. Je n'aime pas les génies aux longues chevelures.

— Mon ami Pfisterer a plutôt le cheveu court et dru. Et en outre, c'est précisément l'homme qu'il me faut aujourd'hui. Allez, en avant, accompagnez-moi. Je n'ai pas envie de rentrer seul chez moi. »

Nous pénétrâmes dans le café. L'endroit était plutôt

louche, et notre apparition fit grande impression sur les rares clients présents dans la salle. L'ingénieur semblait être un personnage connu, car la serveuse du bar l'accueillit en lui lançant un « Salut, docteur » mi-amical, mi-condescendant.

Un garçon d'humeur morose vint prendre notre commande.

« Est-ce que le docteur Pfisterer est encore là ? se renseigna l'ingénieur.

— Dites plutôt qu'il n'est pas encore parti, répliqua le garçon en faisant un geste entendu par lequel il exprimait tout son mépris et toute sa méfiance.

— Combien vous doit-il ?

— Vingt-sept couronnes, sans le service.

— Voici vos vingt-sept couronnes, et voilà pour le service, dit l'ingénieur. Où se trouve le docteur Pfisterer ?

— Il est là-bas, dans la salle de billard, comme tous les jours, et il écrit. »

Un grand individu maigre à la chevelure rousse était assis à l'une des tables de marbre devant une bouteille de bière à moitié vide, un coquetier qui lui servait d'encrier et une pile de feuillets. Une toute jeune fille aux cheveux teints en blond très clair roulait des cigarettes en silence à côté de lui. Un papier sale couvert d'une écriture serrée était fixé par une punaise au mur en face de lui. À y regarder de plus près, il s'avéra que c'était un document d'une grande importance : « Déclaration ! Les signataires retirent la plainte pour le vol de deux magazines et d'un supplément artistique qu'ils ont portée contre le docteur Pfisterer, étant donné que ce dernier les a menacés de poursuites judiciaires. Veuillez agréer l'expression de nos salutations distinguées, la table de quatre. »

« Le voilà, dit l'ingénieur. Bonsoir, Pfisterer.

— Salut, répondit le rouquin sans lever les yeux. Ne me dérange pas.

— À quoi travailles-tu, si je peux me permettre cette question ?

— À la thèse d'un jeune imbécile qui brame pour décrocher le titre de docteur. Garçon, une compote de poires avec plein de jus et un turc *à la Pfisterer*. Il faut que j'aie fini à onze heures.

— Fais voir. Tu permets ? L'ingénieur saisit l'un des feuillets. *Le rôle des substances pectiques et des glucosides dans la qualité gustative de nos légumes de vergers.* Pour l'amour du ciel, depuis quand t'occupes-tu de chimie ?

— J'en sais au moins autant que ces messieurs de la faculté, grommela le savant sans s'arrêter d'écrire.

— Pfisterer, aurais-tu une minute à m'accorder ? J'ai besoin d'un renseignement.

— S'il le faut absolument, mais sois bref ! Le gamin arrive à onze heures pour prendre l'œuvre de sa vie. Allez, vas-y !

— Existe-t-il un peintre que les historiens de l'art ont appelé "le Maître du Jugement dernier" ?

— Giovansimone Chigi, un maître célèbre, élève de Piero di Cosimo. Quoi d'autre ?

— Il vivait en… ?

— 1520, à Florence, espèce d'ignorant.

— Il s'est suicidé ?

— Non, il est mort des sept douleurs dans le monastère des frères séraphins. Il était devenu fou.

— Il était devenu fou », répéta l'ingénieur.

Le savant universitaire posa sa plume et leva les yeux. Il avait un œil de verre et une dartre rouge sur la joue droite.

« Est-ce tout ce que tu voulais savoir ?

— Oui, merci, c'est tout.

— Les remerciements ne me servent pas à grand-chose. Tu m'as posé trois questions, comme Mime au vieux Wotan. "Selon les lois du pari, je prends droit sur ta vie." J'ai trois questions à te poser : premièrement, as-tu de l'argent, Solgrub ?

— Ton ardoise est payée.

— Parfait. Je n'ai pas d'autres questions à te poser. Passe ton chemin ! J'ai remarqué depuis longtemps que tu as rejoint de façon ignominieuse la partie fortunée de l'humanité. Pouah ! Hors de ma vue ! »

Nous restâmes debout pour prendre notre verre de kummel.

« Il est mort fou, murmura l'ingénieur. Ses armes sont plus puissantes que je ne l'imaginais. Il est mort fou ! Peu importe ! J'ai fait la guerre en Orient et n'ai pas peur du Jugement dernier. »

XVIII

Une idée étrange me vint à l'esprit le lendemain matin au petit déjeuner. Je n'arrivais pas à la refouler : je tentais de m'occuper de choses plus sérieuses et plus importantes – en vain. Cette idée m'assaillait sans relâche, ne me laissait pas de répit, et finalement, je dus céder. Je me levai, pris cinq des cachets blancs du pharmacien et les fis dissoudre dans un verre d'eau. Mon regard tomba sur les malles qui étaient restées dans la chambre puisque j'avais l'intention de partir en voyage. Mais il me fallait à présent renoncer à ce projet car cette idée ridicule et folle l'avait réduit à néant.

Lorsque je me retrouvai assis à mon bureau, cette idée ne me sembla plus si ridicule et insensée que cela. Dormir deux nuits et un jour d'affilée, d'un sommeil sans rêves, frustrer le diable d'une journée d'automne grise et briser d'un petit geste de la main la tyrannie des heures. Maintenant, tout de suite ! murmurait une voix en moi-même. À quoi bon attendre plus longtemps ?

J'avais déjà saisi le verre. Non ! Je me défendis. Pas encore ! Je devais partir. J'avais des affaires importantes à régler. Il y avait des choses que je ne pouvais faire attendre plus longtemps. « Plus tard, ce soir peut-être », dis-je à mi-voix en reposant le verre sur la table.

En rentrant chez moi, vers minuit, j'avais trouvé sur mon bureau un mot écrit de la main de l'ingénieur.

« J'ai une importante nouvelle pour vous. Je vous

prie instamment de ne pas partir en voyage. N'entreprenez rien avant que je ne vous aie parlé. Je viendrai vous voir cet après-midi. »

Je restai chez moi. De toute façon, je n'avais pas l'intention de sortir à nouveau. Je pris un livre dans la bibliothèque et m'assis à mon bureau.

Vers quatre heures de l'après-midi, un orage éclata – du vent, de la pluie, c'était un véritable déluge –, et il me fallut rapidement fermer mes fenêtres, sinon la pièce aurait été inondée. Je restai près de la fenêtre à observer les gens qui se réfugiaient précipitamment sous les porches des immeubles. En un instant, la rue se vida. Cela m'amusa. Soudain, on sonna. C'est lui, me dis-je. Il a fallu qu'il arrive au beau milieu de cet orage.

Une importante nouvelle. Enfin, nous verrons bien. Je pris mon temps avant d'aller ouvrir : je replaçai le livre que je lisais dans la bibliothèque, ramassai une feuille de papier tombée à terre, déplaçai le fauteuil qui se trouvait devant le bureau.

« Vinzenz, où est le monsieur qui m'a demandé ? »

Personne ne m'avait demandé. C'était le courrier de l'après-midi. Une lettre de Norvège que j'attendais depuis longtemps était enfin arrivée. C'était Jolanthe, une jeune femme du fjord de Stavanger, qui m'écrivait : une grande enveloppe sans élégance, sans le moindre parfum – Jolanthe était ainsi. C'est par plaisanterie que je l'avais surnommée Jolanthe, du nom de l'héroïne d'un roman français dont j'avais oublié le titre, mais ce nom n'avait pas obtenu son assentiment ; il ne lui convenait pas. En réalité, elle s'appelait Augusta. Elle s'était donc enfin souvenue de moi et m'avait écrit la lettre promise. Bien, pensai-je. Mais maintenant, c'est mon tour. Qu'elle prenne son mal en patience ! J'ai attendu moi aussi bien assez longtemps, me dis-je en jetant la lettre dans le tiroir du bureau sans la décacheter.

Vers sept heures du soir, je cessai d'attendre. La nuit était tombée ; la pluie, dehors, fouettait toujours les vitres, et des nuages noirs passaient au-dessus des toits. Il ne viendra plus, il est trop tard à présent. La pluie ne cessera-t-elle donc pas, aujourd'hui ? Le verre dans lequel j'avais mis les cachets blancs était posé devant moi. Pas encore ! L'heure n'était pas venue. J'avais un travail à faire, un travail désagréable que j'avais sans cesse remis à plus tard. Mais à présent, il fallait enfin que je mette de l'ordre dans mes papiers. Des notes, des documents, des serviettes, des reproductions, des lettres froissées ou pliées en toute hâte, tout cela n'était qu'un fardeau inutile qui s'était accumulé des années durant au point que je ne m'y retrouvais plus dans le désordre de mon bureau. Vinzenz fit du feu dans la cheminée. Une chaleur agréable se répandit dans la pièce. Je sortis alors du dernier tiroir une pile de papiers couverts de poussière. Curieux hasard : c'étaient mes cahiers de l'École militaire. J'ouvris l'un d'eux, je le feuilletai en redécouvrant l'écriture maladroite de l'adolescent de seize ans que j'étais alors ! « La réserve de l'armée territoriale sert à soutenir l'ensemble des forces armées. Le service militaire obligatoire doit être accompli personnellement – Cracovie, Vienne, Graz, Budapest, Pozsony. Neuf régions pour l'armée de réserve et six pour les réservistes hongrois. » En marge, griffonnée à la hâte, je lus la mention : « Mercredi, anniversaire de Mère. Artillerie de montagne : mitrailleuses rapides démontables, munies du recul du canon et d'un bouclier de protection amovible. Le train, les véhicules transportant les outils, huit bêtes de somme pour les vivres. Le mardi 16, marche à couvert, être prêt à quatre heures. » L'aube de ma jeunesse ! Voilà comment ma vie a commencé. Au diable toutes ces vieilleries, il faut les jeter dans les flammes.

Des lettres de mon tuteur, mort depuis des lustres. Le portrait d'une toute jeune fille dont je ne me souvenais plus et au dos duquel je lus la mention : « 24 février 1902, c'est une amitié véritable qui nous rapprochera. » Des lettres, des cartes postales, un procès-verbal signé de quatre noms dont je ne me souvenais pas. Le journal d'une personne morte prématurément, commencé le 1er janvier 1901, au sanatorium du docteur Demeter, à Merano. Un grand croquis en couleurs. Un rapport de mon régisseur sur la vente de 1 200 stères de bois de chêne et de hêtre. Un inventaire de ma collection d'étoffes brodées javanaises et annamites, rédigé de ma main et accompagné d'une lettre de remerciements du musée d'histoire naturelle, département d'ethnographie, pour la donation de cette collection. Un insigne pris à l'ennemi. Une carte spéciale de la chaîne montagneuse des Rottenmanner Tauern. Une invitation au bal de la Cour, gravée sur cuivre, des lettres, encore des lettres, et une photo plus récente que m'avait offerte la fille du consul de Hollande à Rangoon lorsque j'avais pris congé d'elle. Sur le bord inférieur, elle avait noté quelques mots en langue cinghalaise. « Ne vous donnez pas de mal, m'avait-elle dit, vous ne saurez jamais ce que j'ai écrit pour vous. » Je tenais cette photo à la main, je voyais ces signes étranges, et je ne savais toujours pas s'ils exprimaient la haine ou l'amour. Je jetai tout cela dans la cheminée. La photo de Rangoon se défendit, elle refusait de s'abandonner aux flammes, mais le feu était trop puissant, et il dévora les yeux altiers, le front légèrement plissé, la silhouette svelte et les mots que je n'avais jamais pu lire.

« Je vous prie de m'excuser, fit soudain une voix depuis la porte. Je suis très en retard. Êtes-vous seul, baron ? Solgrub n'est-il pas encore arrivé ? »

Je me levai d'un bond. Je n'avais probablement pas entendu la sonnette. Aveuglé par la lueur du feu de la cheminée, je ne reconnus pas la personne qui me faisait face dans la pénombre de la chambre.

« J'ai frappé, mais on ne m'a pas répondu, dit le visiteur du soir en refermant la porte derrière lui. Solgrub n'est pas venu vous voir ? »

Il fit un pas dans ma direction ; la lumière de la lampe du bureau tomba sur son visage. À présent, je le reconnaissais. C'était Félix, le frère de Dina. Que me veut-il ? me demandai-je, atterré. Qu'est-ce qui peut bien l'amener chez moi ?

« Solgrub ? Non, il n'est pas venu, bredouillai-je. Je ne l'ai pas vu depuis hier.

— Dans ce cas, il ne va pas tarder à arriver, dit Félix en prenant la chaise que je lui proposais. Solgrub, mon vieil ami Solgrub a une idée fixe. Il vous considère comme totalement étranger aux événements qui ont conduit au suicide d'Eugen Bischoff. Il m'a demandé de me rendre chez vous pour me faire part en votre présence, selon sa propre expression, des résultats de ses investigations. »

Je l'écoutai en silence et ne répondis rien.

« Nous deux, baron, poursuivit Félix, nous savons comment les choses se sont réellement déroulées. Solgrub est un esprit fantasque, et il lui arrive parfois de se couvrir de ridicule. Il rapproche le suicide d'une jeune femme qui m'est totalement inconnue de celui de mon beau-frère, parle d'une expérience dont il affirme qu'elle lui apportera d'importants éclaircissements et évoque l'influence d'un mystérieux inconnu – Dieu sait si j'ai eu du mal à garder mon calme pendant que je l'écoutais. Si j'ai bien compris ce qu'il m'a dit, la thèse qui découle de ses conclusions aberrantes se fonde sur le fait qu'Eugen Bischoff a tiré deux coups de feu : l'un lui était destiné et l'autre visait une cible inconnue. Si Solgrub vient ici – ce dont je ne doute pas – pour admettre son erreur devant nous, je lui expliquerai l'énigme du premier coup de feu : Eugen Bischoff n'avait jamais utilisé son revolver auparavant. C'est pourquoi il a d'abord essayé l'arme avant de la retourner contre lui. Voilà l'explication, et elle est extrêmement simple. Il est bizarre que Solgrub ne soit pas encore arrivé.

— Désirez-vous l'attendre encore ? lui demandai-je d'un ton brusque, car je tenais à mettre un terme à cet entretien.

— Si je ne vous dérange pas…

— Dans ce cas, permettez que je continue ce que j'étais en train de faire. »

Sans attendre sa réponse, je saisis un paquet de lettres dans le tiroir du bureau et me mis à les lire.

« Le tapis de prière bosnien ! dit Félix en promenant son regard à travers la pièce plongée dans la pénombre. À quand remonte notre dernière entrevue ici ? J'étais volontaire dans votre régiment et je suis allé vous voir pour vous demander conseil dans une affaire qui me tenait beaucoup à cœur. *Eheu, fugaces. Postume, postume !* À l'époque, vous m'avez parlé comme si j'étais votre ami. Vous jetez tout dans les flammes, baron ?

— Tout. Ce ne sont que de vains souvenirs du passé. L'ingénieur ne viendra probablement plus. Il est déjà neuf heures.

— Il viendra certainement.

— Dans ce cas, vous prendrez bien quelque chose… Un sherry ? Une tasse de thé ?

— Non, merci. Puis-je vous demander le verre d'eau qui se trouve sur votre bureau ?

— Je ne vous conseille pas de le boire, répondis-je en sonnant mon domestique. C'est le somnifère que je me suis préparé pour cette nuit.

— Pour cette nuit », répéta Félix à voix basse en m'adressant un regard appuyé.

Quelques minutes passèrent. Vinzenz entra, prit mes instructions et disparut sans un bruit. Je continuai de lire de vieux papiers.

« J'ai été injuste avec vous en ne vous demandant pas de monter, dit Félix tout à coup. Quand je me suis approché de la fenêtre, une demi-heure plus tard, vous étiez déjà parti. Vous éprouviez peut-être le désir tout naturel de… »

Je l'interrompis – non par un mot ni par un geste, mais simplement en lui lançant un regard étonné.

« Je vous ai vu aller et venir dans le jardin, devant la villa, poursuivit-il, un peu décontenancé, ou me serais-je trompé ?

— À quelle heure était-ce, selon vous ?

— Il était dix heures.

— Ce n'est guère possible, dis-je tranquillement. À dix heures, j'étais à l'étude de mon avocat. Notre entretien a duré de neuf à onze heures environ…

— J'ai donc probablement été abusé par une… une ressemblance tout à fait inhabituelle.

— C'est vraisemblable », fis-je en sentant la colère monter en moi.

Il était toujours persuadé de m'avoir aperçu devant les fenêtres de la villa pour entrevoir Dina – cela se voyait à ses yeux. Je ne parvins pas à me maîtriser plus longtemps. J'éprouvai tout à coup le désir irrépressible de le blesser, de l'atteindre dans son honneur, de le faire souffrir. Je sortis le portrait – je le trouvai immédiatement –, un portrait que je n'avais jamais montré à quiconque, et le tins l'espace de quelques secondes de façon à ce qu'il pût le reconnaître. Je le vis pâlir ; sa main qui tenait le verre d'eau se mit à trembler. Puis, d'un geste indifférent, je jetai le portrait de Dina dans les flammes.

Je fus pris d'un malaise et ressentis une douleur lancinante dans la région du cœur, car ce portrait me rappela une nuit d'hiver, et je voulus immédiatement l'arracher aux flammes qui le dévoraient, mais je me contins et le laissai se réduire en cendres sans bouger. Un voile noir se posa sur mes yeux. Je ne voyais plus que les flammes dans la cheminée et la main bandée de blanc.

« À présent, j'ai la réponse que j'étais venu chercher ici, fit la voix de Félix. Pour dire la vérité, je ne savais pas bien quels étaient vos projets, et j'ai passé la nuit à mettre sur le papier l'affaire qui nous concerne, vous et moi – pour le cas où... À présent, bien sûr, je vous ai compris, baron. Vous avez pris votre décision, et elle est définitive. Sinon, vous ne vous seriez pas séparé de ce portrait. »

Il sortit une grande enveloppe blanche de la poche intérieure de sa veste et me la tint devant les yeux afin que je puisse lire l'adresse.

« Voici cette lettre, dit-il. Elle est inutile, à présent. Permettez que je profite de l'occasion... »

Il jeta dans la cheminée l'enveloppe adressée au commandement de mon régiment.

À cet instant précis, je compris que mon heure avait sonné et que mon destin était scellé. Et au moment même où j'eus cette certitude, la journée qui était sur le point de s'achever me parut étrangement métamorphosée : il me sembla que mon esprit avait été dominé depuis le matin par la seule pensée que je devais mourir pour avoir donné ma parole d'honneur. Et toutes les choses qui m'avaient préoccupé au cours de la journée me dévoilaient à présent leur signification secrète : on eût dit que je n'avais pas détruit tous mes papiers par simple caprice, mais parce que je voulais mourir et que rien ne devait rester ni être livré en pâture à la curiosité dévorante de ce monde. La lettre de Norvège si longtemps attendue, la lettre de Jolanthe – je ne l'avais pas ouverte, car quel que fût son contenu, cela n'avait plus de sens de la lire. Et là-bas, sur le bureau, m'attendait le verre qui signifiait le sommeil – un sommeil sans réveil.

« On a sonné, dit Félix. C'est Solgrub. Qu'il vienne et nous raconte ses légendes. Il ne pourra plus rien changer à votre décision. »

J'entendis des pas. Je craignais le moment où Solgrub, l'ingénieur, entrerait dans la pièce. Tout ce qu'il pourrait dire semblerait insensé, ridicule et absurde. Je surpris une expression moqueuse sur le visage de Félix.

« Solgrub ! Entre donc, Solgrub ! s'écria-t-il. Quelles nouvelles nous apportes-tu ? Parle ! »

Ce n'était pas l'ingénieur. C'est le docteur Gorski qui apparut dans l'embrasure de la porte.

« Docteur, c'est vous ? Vous cherchez Solgrub ? lui demanda Félix.

— Non. C'est vous que je cherche, répondit le docteur Gorski d'une voix lente. Je suis allé chez vous, et l'on m'a envoyé ici.

— Qui cela ?

— Dina. Je lui ai tout caché. Je ne lui ai rien dit. Solgrub…

— Qu'est-il arrivé à Solgrub ? »

Le docteur Gorski fit un pas en avant, s'arrêta et me regarda dans les yeux.

« Solgrub… À sept heures, j'étais encore en consultation, le téléphone a sonné. “Qui est à l'appareil ?” “Docteur ! Pour l'amour du ciel, docteur !” “Qui est à l'appareil ?” m'écriai-je sans reconnaître sa voix. “Docteur, vite, pour l'amour du ciel, dites à Félix…” “Solgrub ! criai-je. Est-ce vous ? Qu'est-il arrivé ?” “Arrière ! hurla-t-il d'une voix qui me sembla inhumaine. Arrière !” Ensuite, je n'entendis plus rien, rien qu'un bruit de fauteuils renversés. Je l'appelai encore une fois, mais n'obtins pas de réponse. Je me précipitai hors de chez moi, pris une voiture, montai les escaliers, sonnai, mais personne ne vint m'ouvrir. Je redescendis comme un fou pour aller chercher un serrurier. Il avait mis le verrou ! Solgrub était allongé par terre, abattu, l'écouteur à la main…

— Un suicide ? demanda Félix, le regard figé.

— Non. Une crise cardiaque. C'est arrivé à la suite de son expérience, dit le docteur Gorski. Il n'y a pas de doute qu'il a été la victime de sa propre expérience.

— Et que voulait-il me dire au dernier moment ?

— Il voulait vous dire le nom du meurtrier : le sien et celui d'Eugen Bischoff.

— Son meurtrier ? Vous ne parliez pas de crise cardiaque ?

— Le meurtrier dispose de plus d'une arme. Celle-ci en est une. Je sais où le trouver. Nous devons le neutraliser. Solgrub est mort, et à présent, ce sera notre tour. Entendez-vous, Félix ? Et vous, baron…

— Il ne faut pas compter sur moi, dis-je. J'ai déjà

pris mes dispositions pour la journée de demain. »

Félix tourna la tête. Nos regards se croisèrent.

« Non, dit-il. Pas maintenant. »

Il saisit le verre qui se trouvait sur le bureau.

« Pardonnez-moi », dit-il en renversant le contenu sur le sol.

XIX

Nous nous rencontrâmes le lendemain de l'enterrement de Solgrub à la terrasse d'un petit café situé à l'écart des grandes avenues, près du parc municipal. C'était une matinée limpide, un peu froide. Des marchands ambulants s'approchèrent de notre table pour nous proposer des poires, du raisin, des branches de prunelliers et des cornouilles. Un Bosnien vendait des couteaux et des cannes. Le choucas apprivoisé du cafetier sautillait autour de nous à la recherche de miettes de pain. Nous étions les seuls clients. Félix avait demandé des journaux, mais ne les regarda pas. Nous contemplions le parc en échangeant quelques rares propos sur la saison, sur nos projets de voyage et le manque de ponctualité du docteur Gorski.

Finalement, il arriva vers neuf heures en s'excusant : il avait fait une tournée d'inspection dans les chambres des malades et avait dû opérer à sept heures du matin. Il arrivait directement de l'hôpital. Il resta debout pour boire son café noir brûlant.

« Voilà mon petit déjeuner, dit-il. Et après, un cigare. C'est du poison pour les nerfs. Je ne peux que vous conseiller de ne pas suivre mon exemple. »

Ensuite, nous partîmes.

« Une odeur de chou, de hareng saur et de mauvaises cigarettes, dit le docteur Gorski tandis que nous gravissions les escaliers qui conduisaient à l'appartement du Juif. C'est exactement l'atmosphère qu'il faut à notre projet. Nous sommes de petites gens, baron. Il est tout à fait vraisemblable que vous ayez besoin d'un prêt ; il vous faut une somme pas très élevée – deux ou trois mille couronnes –, et vous avez apporté des garanties. Il ne faut pas brusquer les choses ; cet individu est probablement méfiant. Le mieux sera de nous en remettre au hasard. Encore un étage. Pourvu qu'il soit chez lui. Sinon, nous devrons attendre. »

Monsieur Gabriel Albachary était chez lui. Le domestique roux nous fit entrer dans un salon rempli d'objets d'art de toutes les époques et de tous les styles. Peu après, monsieur Albachary entra dans la pièce ; c'était un homme gracile, de petite taille, d'une élégance exagérée, digne d'un dandy : il teignait ses moustaches en noir, portait monocle et sentait l'héliotrope à dix pas.

« Balkan », murmura le docteur Gorski à mon oreille.

D'un geste, il nous invita à prendre place et nous lança un long regard inquisiteur. Puis il s'adressa à moi :

« Je ne crois pas me tromper, baron, en affirmant que vous étiez le supérieur de mon fils, l'engagé volontaire Edmund Albachary. Je vous connais du turf, baron.

— Edmund Albachary, dis-je en cherchant sans succès dans mes souvenirs. Engagé volontaire Edmund Albachary... Bien sûr. Cela doit déjà faire un certain temps. Comment va ce jeune homme ?

— Comment il va ? Ah, si quelqu'un pouvait me le dire ! Il se porte peut-être bien. Il ne vit pas avec moi, malheureusement. Depuis un an déjà.

— Est-il parti en voyage ? À l'étranger ?

— C'est cela, il est en voyage. À l'étranger. Il est parti beaucoup plus loin qu'à l'étranger, mon cher monsieur. Même en voyageant jour et nuit pendant dix ans, je n'arriverais pas à le rejoindre. J'ai connu également feu votre père voilà bien trente ans. Qu'est-ce qui me vaut l'honneur, baron ? »

J'étais fort embarrassé, car je n'étais pas venu avec l'intention de lui dire mon nom. Pourtant, je me résolus à jouer le rôle dont on m'avait chargé et indiquai la raison de ma visite.

Monsieur Albachary m'écouta sans sourciller, avec une attention courtoise. Il hocha la tête à une ou deux reprises pendant que je parlais, comme pour m'approuver. Puis il dit :

« On vous a mal renseigné, baron. Je suis marchand d'art. En fait, je ne suis guère qu'un collectionneur, et je ne me suis jamais occupé d'affaires d'argent. Cependant, il arrive effectivement que je prête de l'argent à de bons amis qui s'adressent à moi, pour rendre service. Et si vous le désirez, je suis bien sûr à votre disposition. Puis-je me permettre de vous demander quelle somme il vous faudrait ?

— J'ai besoin de deux mille couronnes », dis-je en remarquant que le docteur Gorski s'agitait sur sa chaise.

Le vieux monsieur me regarda d'un air étonné. Puis il sourit.

« Baron, je suppose que vous plaisantez. Je comprends. Vous avez un besoin urgent de deux mille couronnes, et dans deux minutes, vous me proposerez un demi-million pour mon Gainsborough. »

Je ne sus quoi lui répondre. Le docteur Gorski se mordit les lèvres et me lança un regard furieux. Félix tenta de sauver la situation.

« Vous avez parfaitement raison, monsieur Albachary, dit-il. Il s'agit effectivement d'une plaisanterie. Nous savions que vous n'aimez pas montrer vos trésors à n'importe qui, et nous avons choisi un moyen habile de nous introduire chez vous. Est-ce là votre

Gainsborough ? »

Il désigna de la main un tableau accroché au mur qui nous faisait face. Je ne l'avais pas remarqué jusque-là.

« Non, c'est un Romney, répondit monsieur Albachary d'un ton plein d'indulgence. George Romney, né à Dalton, Lancashire. C'est le portrait de Miss Evelyn Lockwood. Je possédais l'original, mais je l'ai vendu il y a quelques jours en Angleterre.

— Il s'agit donc d'une copie.

— Oui. Un travail exemplaire. Il n'est pas tout à fait terminé. Certaines parties, comme vous pouvez le constater, ne sont qu'ébauchées. C'est un jeune artiste génial qui m'a été recommandé par un professeur de l'Académie des beaux-arts. Mais il était malheureusement trop génial ! Ce jeune homme s'est suicidé.

— Il s'est suicidé ? Ici, chez vous ?

— Non, chez lui.

— Mais il a travaillé dans votre appartement, intervint le docteur Gorski. Dans quelle pièce ? Pouvez-vous me le dire ?

— Dans ma bibliothèque, répondit le marchand de tableaux, un peu surpris. C'est elle qui possède la meilleure exposition. Elle a le soleil le matin.

— Une chose encore, monsieur Albachary. Depuis quand votre fils se trouve-t-il dans un établissement pour névropathes ?

— Depuis onze mois, bredouilla le vieillard en lançant au docteur un regard horrifié. Pourquoi me demandez-vous cela ?

— J'ai mes raisons pour cela, monsieur Albachary. Vous ne tarderez pas à l'apprendre. Puis-je vous demander de me conduire dans votre bibliothèque ? »

Gabriel Albachary passa devant nous sans dire un

mot. Le docteur Gorski s'arrêta sur le seuil de la pièce.

« Le monstre ! » dit-il en désignant un volume gigantesque posé sur un pupitre gothique en bois sculpté, dans un coin de la pièce. C'était un livre d'un format que je n'avais jamais vu auparavant. « Le monstre ! Ce livre est responsable du malheur qui a frappé votre fils. Ce livre a provoqué le suicide d'Eugen Bischoff. Ce livre...

— Que dites-vous là ? s'écria le marchand de tableaux. Il est vrai qu'il l'a feuilleté la dernière fois qu'il m'a rendu visite. Il était venu pour regarder des reproductions de costumes anciens, mais quand je suis parti, il était debout devant le pupitre. "Prends ton temps, Eugen, je vais déjeuner", lui dis-je. Nous étions de vieux amis ; je le connaissais depuis vingt-cinq ans. "Si tu as besoin de quelque chose, sonne le domestique." "D'accord", répondit-il, et je ne l'ai jamais revu, car à mon retour, il était déjà parti. Le monsieur qui est venu me voir il y a trois jours a demandé immédiatement à voir le livre. Il a pris des notes et m'a dit qu'il reviendrait.

— Et il n'est pas revenu. Il n'a pas pu. Il est mort le soir du jour où il vous a rendu visite. D'où tenez-vous ce livre ?

— Nous allons le savoir tout de suite », dit le docteur Gorski en ouvrant la couverture du volume ornée de ferrures.

Félix se trouvait derrière lui et regardait par-dessus son épaule.

« Des cartes géographiques ! s'écria le docteur Gorski, surpris. *Theatrum orbis terrarum.* C'est un atlas ancien.

— Avec des cartes gravées sur cuivre et coloriées à la main, constata Félix. *Dominio Fiorentino. Ducato di Ferrara. Romagna olim Flaminia.* Rien que des cartes géographiques. Nous nous sommes trompés, docteur.

— Tournez les pages, docteur ! *Patrimonio di San Pietro et Sabina. Regno di Napoli. Legionis Regnum et Asturiarum principatus.* Voici les provinces espagnoles. Arrêtez ! Ne voyez-vous pas ? Quelque chose est écrit au verso.

— Effectivement, docteur, c'est de l'italien.

— De l'italien ancien, absolument. *Nel nome di Domineddio vivo, giusto e sempiterno ed al di Lui honore ! Relazione di Pompeo dei Bene, organista e cittadino délia Città di Firenze.* Félix ! Nous y sommes ! Nous avons trouvé ! Monsieur Albachary, voudriez-vous me prêter ce livre ?

— Prenez-le ! Emportez-le loin d'ici, je ne veux plus le voir.

— Oui, mais comment, pour l'amour du ciel ? cria le docteur Gorski. Comment pourrai-je l'emporter ? J'arrive à peine à le soulever !

— Il nous faut deux hommes vigoureux de mon laboratoire, dit Félix. À trois heures cet après-midi, ce livre sera chez moi. »

XX

... Au nom du Dieu vivant, éternel et juste, et pour Sa gloire ! Témoignage de Pompeo dei Bene, organiste et citoyen de la ville de Florence sur les événements qui se sont produits dans la nuit de la Saint-Simon-et-Judas de l'an de grâce MDXXXII après l'incarnation du Christ. Rédigé de sa main.

Comme je vais achever demain ma cinquantième année et puisqu'il semble bien que l'on peut, dans cette ville, mourir avant l'heure plus aisément qu'on ne le croit, j'ai décidé, après m'être interdit d'écrire pendant de nombreuses années, d'avouer aujourd'hui la vérité et de la consigner ici en souvenir de ce qui est arrivé cette nuit-là à Giovansimone Chigi, surnommé Cattivanza, architecte et peintre illustre qu'on appelle aujourd'hui « le Maître du Jugement dernier ». Que Dieu lui pardonne ses péchés comme je désire qu'Il me pardonne les miens ainsi que ceux de toute créature.

Lorsque j'étais encore un jeune garçon de seize ans, j'avais choisi d'exercer l'art de la peinture et avais l'intention d'en vivre. Mon père, tisserand en soie dans la ville de Pise, m'avait placé dans l'atelier de Tommaso Gambarelli, et je réalisai avec lui de nombreuses œuvres grandes et belles. Mais le 24 mai, à la veille de la sainte fête de Pentecôte où les ennemis prirent le mont Sansovino, Tommaso Gambarelli mourut de la peste à l'Ospedale della Scala. Je m'en remis donc à Dieu et me mis en quête d'un autre maître. Je me rendis chez Giovansimone Chigi, dont l'atelier se trouvait sur la place du Vieux Marché, près des baraques de fripiers.

Ce Giovansimone Chigi était un homme de petite taille et d'humeur chagrine ; hiver comme été, il portait un petit bonnet en toile bleue muni d'oreillettes, et quiconque le voyait pour la première fois le prenait pour le capitaine d'un navire corsaire maure plutôt que pour un bourgeois très chrétien de la ville de Florence. Il était si avare qu'il ne me donnait pas même une demi-miche de pain par semaine. Je n'avais pas encore passé sept semaines chez lui que j'avais déjà dépensé cinq florins d'or de mes économies.

Un soir, en rentrant du cours d'arithmétique, je trouvai mon maître en grande conversation dans son atelier avec messire Donato Salimbeni de Sienne – un médecin au service du cardinal-légat Pandolfo de' Nerli. Messire Salimbeni était un esprit éminent à l'apparence vénérable ; il avait fait de longs voyages et était passé maître dans l'art de la chimie. Je le connaissais pour l'avoir vu chez mon ancien maître, et ses excellents remèdes m'avaient procuré un grand soulagement quand j'avais attrapé la fièvre au cours de ma chevauchée vers Pise, à cause de l'humidité de l'air.

Quand j'entrai, messire Salimbeni était plongé dans la contemplation d'un tableau représentant une madone entourée d'anges, tandis que mon maître allait et venait devant la cheminée, car il faisait froid. Et lorsque messire Salimbeni m'aperçut, il me fit signe de m'approcher, et me dit :

« Et celui-là ?

— Je n'en ai qu'un, dit mon maître en faisant la moue. Il peint des fleurs et de petits animaux d'une façon digne de louanges, et c'est le travail qui lui réussit le mieux. Et si je devais peindre dans mes tableaux des chouettes, des chats, des oiseaux ou des scorpions, il pourrait m'être utile. »

Il poussa un soupir et se baissa pour jeter deux bûches de chêne dans le feu. Il poursuivit :

« Quand j'étais jeune, j'ai peint bien des œuvres d'une grande splendeur, augmentant grâce à mon art la notoriété de cette ville. C'est moi qui ai fait le beau saint Pierre en bronze que vous pouvez encore admirer aujourd'hui devant l'autel de l'église Santa Maria del Fiore. En ce temps-là, les gens accrochaient à ma porte plus de vingt sonnets qui chantaient les louanges de mon œuvre et glorifiaient mon nom. Et l'on me faisait des honneurs bien plus grands encore. Mais aujourd'hui, je suis vieux, et plus rien ne semble vouloir me réussir. »

Il désigna un Christ prêchant au temple et une Marie-Madeleine emportée aux cieux par des anges. Après quoi il ajouta :

« Ce que vous voyez là ne vaut rien. Je le sais bien, et il n'est point besoin que vous me le disiez, car rien n'est plus accablant que le blâme. Dans ma jeunesse, j'avais le don des visions : Dieu le Père et les Patriarches, le Sauveur et tous les Saints, la Sainte Vierge et les anges m'apparaissaient. Je les voyais de façon miraculeuse, où que je tournasse mon regard – là-haut, dans les nuages, et ici, dans mon atelier –, avec une netteté et une vivacité telles que jamais l'entendement ne saurait les concevoir. Et quand je les voyais, je les peignais, et rares étaient ceux, dans mon art, qui pouvaient m'égaler. Aujourd'hui, cependant, mes yeux sont brouillés et la braise de mes visions s'est éteinte. »

Messire Salimbeni était appuyé contre le mur, dans la pénombre, et je ne le voyais point ; je n'entendais que sa voix.

« Giovansimone ! dit-il. Toute sagesse humaine est

imparfaite, moins encore qu'imparfaite : elle n'est que fumée et ombre aux yeux du Seigneur. Pourtant, en élevant mes pensées vers Dieu, il m'a été donné de comprendre quelques-uns des mystères dont ce monde éphémère est rempli. Je saurai te rendre ce que tu appelles le don des visions, et je puis même les susciter chez ceux qui ne les ont jamais eues auparavant. Cela m'est aisé. »

Le maître dressa l'oreille. Il réfléchit un court instant, puis secoua la tête et éclata de rire.

« Messire Salimbeni ! dit-il, toute la ville sait que vous vous vantez de maîtriser bien des arts et de posséder bien des aptitudes occultes, mais quand il vous faut les mettre en œuvre, vous trouvez toujours de bonnes excuses. Ce que vous venez de dire n'était encore à n'en pas douter que l'une de vos fanfaronnades. Ou bien auriez-vous par hasard appris cet art à la cour du grand Mogol ou du grand Turc ?

— Cet art, répondit le médecin, n'est pas un art païen, et je dois de le connaître à la seule bonté divine, qui m'a montré le chemin de la connaissance.

— Alors, dit le maître, je ne désire rien d'autre que de voir bientôt une parcelle de cet art. Mais je vous dis une chose : si vous avez l'intention de vous jouer de moi, vous vous en repentirez.

— Pour aujourd'hui, dit messire Salimbeni, il suffira de nous mettre d'accord sur le jour où l'œuvre devra avoir lieu. Mais auparavant, réfléchis bien, Giovansimone ! Car je te dis que c'est une mer déchaînée sur laquelle tu t'aventures, et il vaudrait peut-être mieux pour toi que tu restes au port.

— Vous avez raison, messire Salimbeni ! s'écria le maître. Il faut être prudent. Chacun sait que j'ai en vous un terrible ennemi, même si vos paroles me rendent l'honneur qui me revient. Je ne puis vous faire confiance.

— C'est vrai, Giovansimone ! dit le médecin du cardinal. Pourquoi en faire mystère ? Il y a une affaire entre nous. Tu t'es querellé avec Cino Salimbeni, le fils de mon frère, et il t'a répondu durement. Tu as dit alors assez fort pour que tous ceux qui assistaient à la scène puissent l'entendre : "Patience, le jour viendra pour cela aussi." Et quelque temps après, on le retrouva mort au bord du chemin qui traverse les champs et conduit au monastère des frères Servi, un poignard planté entre le cou et la nuque.

— Il avait beaucoup d'ennemis, murmura le maître, et je lui ai prédit son malheur.

— C'était un poignard *misericordia* espagnol, et l'armurier avait gravé son nom dans la lame, poursuivit messire Salimbeni. Ce poignard appartenait à un homme qui avait fui Tolède et s'était réfugié ici. Il fut capturé et amené devant le Conseil des Huit. Mais il se défendit comme un beau diable et affirma qu'il avait perdu le poignard la nuit précédente près des baraques de fripiers sur la place du Vieux Marché. Ils ne le crurent pas, et il dut monter sur la charrette.

— Honneur au verdict des Huit, dit le maître. Et toutes les choses passées ont une fin.

— Sache, s'écria messire Salimbeni, que les choses passées ne prennent jamais fin, et le ciel fasse que celui qui les a commises se souvienne de la justice divine.

— Je puis vous dire ceci, répondit le maître. J'étais dans ma maison et je peignais une sainte Agnès, avec son livre et le mouton, comme on me l'avait commandé. C'est alors qu'arriva ce messire Cino et qu'il me proposa de nous réconcilier. Nous trinquâmes, et quand nous nous séparâmes, nous étions redevenus amis. Le jour suivant, lorsque se produisit ce crime, j'étais malade et alité. J'ai des témoins pour cela. Que Dieu ait pitié de moi le jour du Jugement dernier, c'est ainsi et point autrement que les choses se sont déroulées.

— Giovansimone, dit le médecin, ce n'est pas sans raison qu'on te surnomme "la Méchanceté". »

En entendant ce surnom que les gens lui avaient donné, le maître entra dans une grande colère, car il ne le supportait pas. Et sa colère lui ôta toute raison. Il saisit le fusil chargé qu'il gardait toujours dans son atelier et le brandit comme un fou furieux en criant :

« Sors d'ici, chenapan, bâtard de curé ! Déguerpis, et que je ne te revoie plus jamais ! »

Messire Salimbeni tourna les talons et descendit l'escalier, mais le maître le poursuivit en tenant toujours son fusil à la main, et je l'entendis longtemps encore vociférer et hurler devant la porte.

Quelque temps après, à la veille de la fête de Simon et Judas, messire Donato Salimbeni vint pour la deuxième fois. Il parla comme si rien ne s'était passé entre le maître et lui :

« Le jour que tu attendais est arrivé, Giovansimone, et je suis prêt. »

Le maître leva les yeux de son travail. Quand il reconnut messire Salimbeni, la colère s'empara de lui à nouveau et il cria :

« Que voulez-vous encore ? Ne vous ai-je pas chassé de chez moi ?

— Aujourd'hui, je serai le bienvenu, dit le médecin. Je suis venu pour mettre en œuvre l'affaire dont nous avons parlé, et l'heure est propice.

— Partez, allez-vous-en, maugréa le maître. Vous m'avez parlé de fort méchante manière, et je saurai m'en souvenir.

— Mes propos ne visaient pas celui qui n'a rien commis », répliqua messire Salimbeni. Puis il se tourna vers moi et s'écria : « Allez, Pompeo ! Ce n'est pas le moment de jouer de la flûte. Va me chercher ceci et cela ! »

Il énuméra les noms d'herbes et d'épices dont il avait besoin pour préparer ses essences et indiqua la quantité voulue. Parmi ces herbes, nombreuses étaient celles dont je ne connaissais pas la nature, et d'autres qui poussaient dans tous les buissons. De plus, il lui fallait deux pintes de vin distillé.

Quand je revins de la boutique de l'apothicaire, les deux hommes s'étaient totalement réconciliés. Messire Salimbeni prit les épices et les herbes que je lui rapportais et dit au maître : Voilà ceci, voilà cela. Puis il prépara les essences.

Quand il eut terminé, nous quittâmes l'atelier. Et tandis que nous descendions les marches, le maître fit voir à messire Salimbeni qu'il portait sur le côté, sous son manteau, un poignard et une épée.

« Messire Salimbeni ! dit-il. Si vous étiez le diable en personne, vous auriez tort de croire que j'ai peur de vous. »

Nous empruntâmes la via Chiara, traversâmes le pont Rifredi et passâmes sur l'autre rive du fleuve, près de la foulerie et de la petite chapelle où se trouvent les vieux sarcophages de marbre. C'était une nuit limpide, et la lune éclairait le ciel. Finalement, après avoir marché pendant près d'une heure, nous arrivâmes en haut d'une colline dont les versants abrupts plongeaient vers une carrière de pierre. Aujourd'hui, c'est une maison de campagne – la maison à l'olivier – qui s'élève à cet endroit, mais en ce temps-là, on y voyait encore brouter des chèvres pendant la journée.

C'est là que messire Salimbeni s'arrêta et m'ordonna de ramasser des chardons et du petit bois pour faire du feu. Puis il se tourna vers son maître et lui dit :

« Giovansimone, voici l'endroit, et l'heure a sonné. Je te le répète : réfléchis bien ! Car celui qui veut oser pareille entreprise doit avoir un esprit fort et infaillible.

— Bon, bon, dit le maître. Ne parlez pas tant et commencez enfin ! »

Messire Salimbeni décrivit alors un cercle autour du feu, avec force cérémonies, après quoi il conduisit le maître à l'intérieur du cercle. Il répandit ensuite un peu de ses essences dans les flammes et quitta aussitôt le cercle.

Un nuage de fumée dense s'éleva des flammes, monta et enveloppa le maître. Pendant un moment, je le perdis de vue. Mais dès que la fumée se fut dissipée, messire Salimbeni versa de nouveau un peu de ses essences dans les flammes. Puis il lui demanda :

« Que vois-tu à présent, Giovansimone ?

— Je vois, dit le maître, les champs et le fleuve, les tours de la ville et le ciel de la nuit, rien d'autre. À présent, je vois un lièvre qui court dans le pré… Ô miracle, il est sellé et bridé.

— Voilà une vision étrange, en vérité, dit messire Salimbeni. Mais il me semble que tu verras encore bien d'autres choses de cette sorte aujourd'hui.

— Ce n'est pas un lièvre, c'est un bouc ! s'exclama le maître. Non, ce n'est pas un bouc, c'est un animal du Levant dont je ne connais pas le nom, et il fait les bonds les plus fous. Le voilà qui disparaît. »

Soudain, le maître se mit à saluer et à faire des courbettes.

« Tiens donc ! s'écria-t-il. Mon voisin, l'orfèvre, qui

est mort l'an dernier. Il ne me voit pas. Malheur à vous, maître Castoldo, votre visage est couvert d'abcès et de tumeurs.

— Giovansimone, que vois-tu à présent ? demanda le médecin.

— Je vois, dit le maître, des rochers déchiquetés et des crevasses, des gorges et des grottes de pierre. Et je vois aussi un rocher de couleur noire et qui flotte librement dans les airs ; il ne tombe pas, ce qui est un grand miracle et que l'on a peine à croire.

— C'est la vallée de Josaphat, s'écria messire Salimbeni. Et le rocher noir qui vole dans les airs, c'est le trône éternel de Dieu. Sache, Giovansimone, que l'apparition de ce rocher est à mes yeux le signe que tu es destiné à voir cette nuit même des choses extraordinaires telles que nul être humain ne les a vues avant toi.

— Nous ne sommes pas seuls », dit le maître, et sa voix se perdit en un murmure apeuré. « Je vois des gens qui chantent et jubilent ; ils sont très nombreux.

— Non, ils ne sont pas nombreux, dit messire Salimbeni à mi-voix, car rares sont ceux auxquels il est donné de chanter avec les anges de Dieu le *Gloria* du Jugement dernier.

— Maintenant, j'en vois des milliers et des milliers, c'est une foule infinie de chevaliers et de conseillers et de femmes richement vêtues qui lèvent les bras au ciel et pleurent, et c'est une grande lamentation qui s'élève parmi eux.

— Ils se lamentent à cause de ce qui a été et ne peut plus être, cria messire Salimbeni. Ils pleurent parce qu'ils sont condamnés aux ténèbres et ont perdu à jamais le visage de Dieu.

— Un signe de feu gigantesque flotte dans le ciel,

cria le maître. Il flamboie d'une couleur que je n'ai jamais vue auparavant. Malheur à moi ! Ceci n'est pas une couleur d'ici-bas, et mes yeux ne peuvent la supporter.

— C'est la couleur rouge des Trompettes du Jugement dernier, s'écria messire Salimbeni d'une voix sonore. C'est la couleur rouge des Trompettes que prend le soleil le jour du Jugement dernier.

— Quelle est cette voix qui lance mon nom dans le vent de la tempête ? » hurla le maître en tremblant de tous ses membres.

Il poussa soudain un cri pareil à celui d'un animal, un cri qui déchira le silence de la nuit et semblait ne pas vouloir prendre fin.

« Malheur à moi, cria-t-il. Ils sont là et s'emparent de moi, les démons de l'enfer ; ils arrivent de toutes parts, et le ciel en est rempli. »

Poussé par l'horreur, il tenta de fuir, mais les démons invisibles le rattrapèrent. Il tomba à terre et se débattit contre des assaillants invisibles. Il se leva de nouveau en poussant des hurlements – son visage était affreusement défiguré –, se remit à courir, pour tomber une nouvelle fois, et ce spectacle était si terrifiant que je crus bien mourir de peur.

« Aidez-le, messire Salimbeni ! m'écriai-je dans mon désespoir, mais le médecin du cardinal-légat fit non de la tête.

— Il est trop tard, dit-il. Il est perdu, car les visions de la nuit se sont emparées de lui.

— Miséricorde, messire Salimbeni ! criai-je. Miséricorde ! »

Les démons de l'enfer saisirent alors le maître et l'emportèrent avec eux, tandis que lui criait et se défendait. Messire Salimbeni s'avança vers lui et s'interposa à l'endroit où la colline descendait vers la carrière.

« Meurtrier qui ne crains pas le Dieu tout-puissant, cria-t-il, lève-toi et avoue ton crime !

— Grâce ! » cria le maître.

Il tomba à genoux et se cacha le visage dans ses mains.

Messire Salimbeni leva alors le poing, frappa mon maître au milieu du front, et le maître s'effondra, comme mort.

Aujourd'hui, je sais que ce n'était pas de la cruauté, mais un geste de pitié, et que messire Salimbeni, avec ce coup de poing, a délivré le maître du pouvoir dans lequel le tenaient ses visions.

Nous transportâmes le corps inerte dans son atelier où il reposa sans donner signe de vie jusqu'à l'angélus du soir. Quand il s'éveilla, il ne savait pas s'il faisait jour ou nuit, il divaguait et ne cessait de parler des démons de l'enfer et de l'horrible couleur rouge des Trompettes du Jugement dernier.

Plus tard, lorsque la folie l'abandonna peu à peu, il se perdit en lui-même. Il se terrait dans un coin de son atelier, le regard pétrifié, et ne parlait à personne. Mais la nuit, je l'entendais se lamenter dans sa chambre et chanter des prières. Le jour de la Saint-Étienne, il quitta la ville, et personne ne savait où il était parti.

Il advint que je me rendis trois ans plus tard, sur le chemin de Rome, dans le monastère des frères de l'ordre séraphique des Sept Douleurs où sont conservés le bandeau et la ceinture de la Sainte Vierge, de même qu'une pelote de laine qu'elle a filée de ses mains. Accompagné par le prieur, j'entrai dans la chapelle, pour contempler ces saintes reliques. J'aperçus alors un moine, debout sur un échafaudage, et je mis un certain temps avant de reconnaître en lui mon ancien maître Giovansimone.

« Il a perdu la raison, dit le prieur, mais ses projets sont véritablement grandioses. Nous l'appelons le Maître du Jugement dernier, car c'est le seul sujet qu'il peigne, sans discontinuer. Et si je lui dis : Maître, ici, il faut une visitation, et sur ce mur-là la guérison du paralytique ou la multiplication des pains, il se met en colère, et l'on est contraint de le laisser agir à sa guise. »

Le soleil se couchait ; une lumière rosée tombait par la fenêtre sur les dalles de pierre. J'aperçus sur le mur le rocher de Dieu qui volait dans les airs et la vallée de Josaphat, le chœur des âmes sauvées, les démons des enfers aux formes multiples et le bourbier enflammé, et le maître s'était peint parmi les damnés. Tout ceci était représenté avec une telle vérité que je fus parcouru de frissons d'horreur.

« Maître Giovansimone ! » criai-je en direction de l'échafaudage, mais il ne me reconnut point.

D'une main tremblante, sans cesser de réciter des prières, il peignait le personnage d'un chérubin avec tant de hâte qu'on eût dit que les démons de l'enfer étaient toujours lancés à sa poursuite.

Voilà ce que j'avais à dire sur le Maître du Jugement dernier, et c'est là tout ce que je sais. Car lorsque je retournai au monastère, la chapelle était vide, et les moines me montrèrent sa tombe. Que le Christ, l'étoile brillante du matin qui est notre espoir, nous conduise dans la foule des âmes sauvées le jour du Jugement.

Mais l'autre, messire Salimbeni, que j'appelle le véritable Maître du Jugement dernier, je ne l'ai jamais revu après cette fameuse nuit, et il est possible qu'il soit retourné dans les lointains royaumes de l'Orient où il a passé tant d'années de sa vie. Mais j'ai gardé en mémoire les mystères de son art et je les reproduis ici pour ceux qui croient que leur esprit est fort et inébranlable : toi, être téméraire, prends des racines de cormus marinées dans de l'eau-de-vie, et partage-les en trois parts égales. Ajoute ensuite…

XXI

« Poursuivez ! Poursuivez ! insista le docteur Gorski.

— C'est tout, dit Félix. Le manuscrit s'arrête là, brutalement.

— C'est impossible, s'écria le docteur Gorski. Il ne peut pas être terminé. La partie la plus importante du récit… Faites voir !

— Voyez vous-même, docteur ! Il n'y a rien d'autre, rien que des cartes géographiques des provinces espagnoles. *Granata et Murcia. Utriusque Castiliæ nova descriptio. Insulas Baleartdes et Pytiusæ.* Rien n'est inscrit au verso. *Andalusia continens Sevillam et Cordubam.* Pas la moindre trace de notes manuscrites. Le récit n'a pas été achevé.

— Mais la composition de la drogue ? Comment Eugen Bischoff a-t-il appris la composition de cette drogue ? La fin du récit doit exister. Vous avez dû sauter une page, Félix. Vérifiez ! »

Nous étions tous les trois penchés sur le volume. Félix tourna lentement les pages en arrière.

« Il manque une page ici, dit soudain le docteur Gorski. Ici, entre les Asturies et les deux Castilles. Elle a été arrachée.

— Vous avez raison, constata Félix. La feuille a été découpée avec un coupe-papier. »

Le docteur Gorski se frappa le front de la main.

« Solgrub ? cria-t-il. C'est Solgrub qui a fait cela. Comprenez-vous ? Il voulait empêcher… Personne après lui ne devait plus tenter cette expérience ! Il a détruit la dernière page du récit sur laquelle on donnait la composition de la substance. Que faire, à présent, Félix ?

— Que faire, docteur ? »

Ils échangèrent un regard désemparé.

« Je vous avoue, dit le docteur Gorski, que j'étais résolu à faire l'expérience de cette drogue sur moi-même – en prenant toutes les précautions, bien entendu.

— J'avais la même intention, déclara Félix.

— Non, Félix ! Je n'aurais jamais permis qu'un homme aussi ignorant de la médecine que vous... Mais à quoi bon nous quereller ! C'est passé ! Aucun de nous trois n'apprendra jamais quelles forces incompréhensibles ont poussé Solgrub, Eugen Bischoff et combien d'autres encore dans une mort aussi énigmatique. »

Il referma le lourd volume à la couverture ornée de ferrures.

« Il ne séduira plus personne, dit-il. Solgrub, ce pauvre Solgrub, fut sa dernière victime. Plus j'y réfléchis et plus... La physiologie du cerveau nous donne quelques points de repère, Félix. J'ai ébauché une théorie. Je ne crois pas qu'il s'agissait de la vision du Jugement dernier. J'aurais plutôt tendance à supposer que l'effet de la drogue est différent selon chaque individu... »

Je me levai d'un bond, car j'eus soudain une idée, une pensée qui s'empara de moi et me perturba complètement. J'étais incapable de cacher mon émoi. Je jetai un regard à Félix et au docteur Gorski, mais ils ne faisaient pas attention à moi, et je quittai la pièce.

Vite, il faut traverser le jardin avant qu'ils ne remarquent ma disparition. Non, le secret n'était pas perdu. Il était là et m'attendait. Moi, moi seul devais connaître la vérité. Quelques pas encore…

La porte du pavillon était ouverte. Tout était resté identique au souvenir que je gardais de cette soirée : le revolver était posé sur le bureau, la couverture écossaise recouvrait le canapé ; l'encrier renversé, le buste cassé d'Iffland, tout était resté à sa place, et sur la table, je trouvai ma pipe.

Je la tenais entre mes mains. Il me fallut enlever une mince couche de cendre avant d'apercevoir un mélange noirâtre – c'était la drogue, la substance du médecin de Sienne que l'on croyait avoir perdue à jamais, la magie qui avait arraché au meurtrier Giovansimone Chigi l'aveu de son crime.

Lorsque j'enflammai l'allumette, la crainte de l'inconnu s'éveilla en moi imperceptiblement. La crainte ? Non, ce n'était pas cela. C'était la sensation que ressent un nageur qui plonge du haut de la falaise dans la profondeur des eaux… L'eau se refermera au-dessus de sa tête, mais il sait qu'il remontera dans la seconde qui suivra. Tel était mon état d'esprit. Je gardais tout mon sang-froid. J'attendais les visions du Jugement dernier, je les attendais tranquillement, presque avec curiosité. Armé de toutes les connaissances d'un homme d'aujourd'hui, je guettais les chimères d'une époque révolue. Tu ne verras que de la fumée et des ombres, me dis-je avant de tirer la première bouffée.

Il ne se passa rien. Je vis le masque mortuaire de Beethoven à travers un nuage de fumée bleutée, quelques branches de châtaignier devant la fenêtre ouverte qui se balançaient doucement dans la brise, et au-dessus, un coin de ciel couvert de nuages gris. Un grand scarabée aux reflets bleus d'une espèce que je ne connaissais pas marchait sur le sol, mais je l'avais déjà aperçu avant.

Une deuxième, puis une troisième bouffée. C'est alors seulement que je remarquai l'arôme étrangement acide de ce mélange. Je ne le sentis que l'espace d'une seconde, car il se dissipa rapidement. J'imaginai – idée fort désagréable – que Félix et le docteur Gorski pouvaient me surprendre ici, et je regardai par la fenêtre. Mais le jardin était désert. Ils étaient restés dans le salon à discuter et n'avaient probablement pas encore remarqué mon absence.

Je me souviens que j'avais tiré cinq bouffées en tout et pour tout lorsque je vis apparaître un hibiscus au beau milieu de la pièce.

J'avais parfaitement conscience d'être victime d'une illusion de mes sens. C'était un souvenir, mais d'une telle vivacité et d'un tel réalisme que je m'approchai d'un pas, machinalement. Je comptai les fleurs, d'un rouge violacé ; il y en avait huit, d'après ce que je pouvais voir, et une neuvième, rouge sombre, était sur le point de s'ouvrir pendant que je la contemplais.

Mais soudain, l'hibiscus disparut, et à sa place, je vis le vert sombre d'un palmier. Un Chinois portant un vêtement de soie gris argenté était adossé au tronc de l'arbre. Ce qui me frappa au premier abord fut sa laideur incompréhensible : il avait le visage fripé d'un nouveau-né. Cependant, je ne pris pas peur, car je savais que mon imagination, poussée par les effets de la drogue jusqu'à l'extrême limite de ses possibilités, reproduisait une image que j'avais gravée quelque part dans des zones inconnues de ma mémoire. Mais le souvenir qui s'offrait à moi était altéré de façon tout à fait incompréhensible jusqu'à la limite de l'horreur. À ce stade de l'expérience, j'étais encore le témoin calme et maître de lui d'un phénomène optique extrêmement étrange. Je voyais encore la table et le canapé, ainsi que les contours de la pièce, mais ils me semblaient vagues et irréels, tel un souvenir confus et imprécis d'un phénomène remontant du plus loin du passé.

Cette vision fut ensuite chassée par l'image d'un mur de tuiles et d'un appentis ouvert, et cette vision persista pendant de longues minutes et provoqua en moi un sentiment indescriptible de tristesse et d'abandon. L'intérieur de l'appentis était éclairé par un feu de forge, et j'aperçus deux hommes, torse nu, le crâne rasé. À leur vue, je ressentis immédiatement un sentiment de crainte qui s'amplifia jusqu'à se transformer en épouvante, en peur panique.

Soudain, l'un des deux hommes se retourna, sortit de l'appentis et se dirigea vers moi avec un curieux mouvement des jambes. Il penchait la tête et les épaules en avant, ses bras pendaient le long de son corps, comme sans vie. Il se retrouva devant moi. Sa main droite saisit alors son bras gauche et le souleva, les doigts de sa main gauche me cherchaient, tentaient de s'agripper à moi. Je les sentis se poser sur mon poignet. Je reculai en poussant un cri. Je m'entendis hurler, secoué par les frissons de peur : Ses yeux, sa bouche, son visage tout entier sont rongés par la lèpre ! hurla une voix au fond de moi. Je m'effondrai et tentai de cacher mes mains. La lèpre ! La lèpre ! murmurai-je en gémissant. Puis, l'espace d'une seconde, je tentai désespérément de m'accrocher à une idée : tout cela n'est qu'illusion, n'est que supercherie ! Ce n'est qu'un rêve ! Mais cette idée s'évanouit, et je restai seul avec ma vision d'horreur. Un océan d'angoisse et d'épouvante m'entraîna avec lui.

Je ne sais pas ce qui arriva ensuite. Je perdis connaissance puis revins à moi. La première chose que je vis fut une fenêtre à barreaux, située tout en haut d'un mur, si haut qu'il m'était impossible de l'atteindre. Dans la pénombre qui m'entourait, je reconnus ensuite une table et deux chaises fixées au sol par des vis. Un lit de fer pesant occupait la largeur de la pièce.

J'étais accroupi sur le sol. J'avais l'impression d'avoir vécu des choses terribles dans ce lieu, pendant un temps très long, mais je ne parvenais pas à me les rappeler. J'avais le vague souvenir d'un large visage rougeaud au menton arrondi et de petites gouttes de sueur qui coulaient sur son front ; ce visage suscitait en moi une violente répulsion.

J'avais soif, et, sans le voir, je savais qu'un pot de fer contenant de l'eau se trouvait près du lit, accroché au mur par une chaîne. Je rampai jusqu'au lit et bus un peu. Puis une force irrésistible me poussa à détruire le pot, mais tous mes efforts restèrent vains.

Soudain, on ouvrit la porte, et la lumière fit irruption dans la pièce. Deux hommes entrèrent. L'un d'eux était de grande taille, large d'épaules, rasé de près. Il portait des lunettes d'écaille. Je connaissais son visage pour l'avoir vu souvent. L'autre était un petit individu assez maigre à la barbichette grise et aux yeux vifs. Il avait les mains dans les poches de son pardessus. Je le regardai, mais aucun souvenir ne se rattachait à lui dans ma mémoire.

« Démence de type alternant. Crises survenant par séries, dit celui à la large carrure en parlant une langue étrangère, ce qui ne m'empêcha pas de le comprendre. Il est en traitement depuis quatre ans. C'est un ancien officier d'état-major, capitaine de cavalerie. Il a une hérédité parentale chargée. »

J'étais allongé par terre et ne le quittais pas des yeux.

« Immobilité réflexe des pupilles, augmentation du tonus musculaire, tension élevée. Non, laissez la porte ouverte, collègue, le gardien… Attention ! »

En un éclair, je le plaquai au sol, je posai mes genoux sur sa poitrine et tentai de l'étrangler. Puis je me levai d'un bond et sortis dans le couloir. Quelqu'un se jeta sur moi ; je parvins à me libérer et donnai deux coups de poing dans un visage large et rouge au menton arrondi. Je repris ma course. J'entendis des cris, des appels, des coups de sifflet, et soudain, je me retrouvai à l'air libre.

Des arbres, des buissons, une plaine infinie. J'étais seul. Un grand silence que je ne saurais décrire m'entourait. Le paysage était comme pétrifié : rien ne bougeait, pas un brin d'herbe, pas une cime d'arbre ; seuls quelques petits nuages blancs flottaient comme des plumes dans ce ciel bleu d'azur.

Tout à coup, je pris conscience que j'avais vécu telle une bête dans cette chambre, des années durant, rampant sur le sol entre la table et le lit de fer, hurlant comme un animal, me jetant constamment contre la porte. Et à présent, ils étaient venus pour m'y ramener. Ils étaient là, je les voyais, ils m'avaient encerclé, et une peur sans nom m'étreignit à la vue de l'homme au visage large et rouge.

« C'est lui », fit sa voix.

Il était debout devant moi et me regardait fixement. Sa large bouche se déforma pour esquisser un sourire, de petites gouttes de sueur perlaient sur son front. Il avait les mains derrière le dos. Je savais ce qu'il cherchait à me cacher et je me mis à crier. Je voulais m'enfuir, mais ils arrivaient de tous côtés… Personne ne me venait en aide.

Soudain, je tins un revolver à la main. Je ne savais pas d'où il me venait. Il était là, je le tenais, je sentais le métal de son canon, froid comme la mort.

Et au moment où je portai l'arme contre ma tempe, je vis apparaître dans le ciel une immense mer de braise qui flamboyait et brûlait dans une couleur que je n'avais jamais vue auparavant, mais dont je connaissais le nom : c'était le rouge strident comme le son des Trompettes du Jugement dernier. Mes yeux étaient aveuglés par cet ouragan d'une couleur épouvantable qu'était le rouge strident des Trompettes du Jugement dernier, et elle brillait pour signifier la fin de toute chose.

« Vite ! Sa main ! » cria une voix près de moi, et je sentis mon bras devenir lourd comme du plomb, mais je me libérai, résolu à cesser de vivre.

« C'est impossible, laissez-moi ! » cria la voix, puis j'entendis un vacarme assourdissant et une voix qui chantait. La terrible lumière dans le ciel disparut, les ténèbres retombèrent autour de moi, et l'espace d'une seconde, comme dans un rêve, je vis des objets perdus, oubliés depuis longtemps – une table, un canapé, un papier peint bleu, des voilages blancs agités par le vent. Puis je ne vis plus rien.

XXII

Je me réveillai de mon coma comme d'un profond sommeil. Pendant un moment, je restai les yeux fermés sans avoir la moindre notion du lieu et du temps. Je ne parvenais pas à me souvenir du dernier endroit où je m'étais trouvé ni de ce qui m'était arrivé, et je cherchai en vain dans ma tête une pensée claire et cohérente. Puis j'ouvris les yeux. Je dus faire un certain effort avant d'y parvenir ; il me fallut surmonter mon envie de dormir et une sensation de lourdeur et de malaise.

Je retrouvai alors enfin tous mes esprits. J'étais allongé sur une ottomane dans le salon de musique de la villa Bischoff. Le docteur Gorski était assis à côté de moi et me prenait le pouls. Derrière lui se tenait Félix. La lumière tamisée de la lampe tombait sur les pages du volume ouvert sur la table.

« Comment vous sentez-vous ? me demanda le docteur Gorski. Avez-vous des maux de tête ? Des vertiges ? Un malaise ? Des bourdonnements dans les oreilles ? La lumière vous fait-elle mal aux yeux ? »

Je fis non de la tête.

« Vous avez une constitution enviable, baron. N'importe qui d'autre… Les battements du cœur sont normaux. Je serais tenté de dire que vous pourrez rentrer seul chez vous.

— Vous avez été d'une imprudence folle, baron, dit Félix. Comment avez-vous pu… Ne saviez-vous donc pas ce qui vous attendait ? C'est un hasard que Dina se soit trouvée dans le jardin et qu'elle vous ait entendu crier…

— Oui, et nous sommes arrivés juste à temps, intervint le docteur Gorski. Vous aviez déjà posé le canon du revolver sur votre tempe. Je ne vous cacherai pas que vous m'avez traité assez brutalement. J'ai été projeté contre le mur comme une balle en caoutchouc. Et si Félix n'avait pas eu l'heureuse idée de… »

Félix l'interrompit.

« Ce n'était pas mon idée, vous le savez parfaitement.

— C'était la méthode forte du docteur Salimbeni, c'est vrai. Un coup de poing au milieu du front a suffi pour vous faire abandonner toutes vos intentions suicidaires. Vous devez avoir eu des hallucinations terriblement angoissantes. Vous rendez-vous enfin compte, baron, à quel point vous étiez proche de l'autre rive ? »

C'est à ce moment-là seulement que me revint le souvenir de tout ce qui s'était passé. Je me levai d'un bond, tentai de parler – le lépreux, l'asile d'aliénés, la terrible lumière dans le ciel…

D'un geste, le docteur Gorski m'empêcha de parler.

« Taisez-vous ! N'en parlez pas ! Plus tard, quand vous aurez retrouvé votre calme, vous me raconterez tout. La lèpre, l'asile… Je m'attendais à quelque chose de ce genre. Le cas est clair, et votre expérience ne fait que confirmer ce que je soupçonnais. Lorsque vous vous êtes réveillé de votre coma, je venais de commencer à exposer ma conception des choses à Félix. Si cela ne vous fatigue pas trop, vous pouvez m'écouter. Vous comprendrez bien des choses. »

Il approcha la lampe. Pendant environ une minute, il resta assis dans son fauteuil sans rien dire.

« Non, je ne crois pas que cette substance soit une

invention du médecin de Sienne, dit-il. Elle est très ancienne, et il faut sans aucun doute rechercher son origine en Orient. La peur et l'extase ! Avez-vous jamais songé à l'histoire des Assassins ? Peut-être avez-vous tenu aujourd'hui entre vos mains la substance – ou l'une des substances grâce auxquelles le Vieux de la Montagne régnait sur les âmes des hommes.

— Et maintenant, elle est perdue à tout jamais, remarqua Félix.

— Du point de vue de la science, c'est certainement regrettable, admit le docteur Gorski. Je suis content que les choses se soient déroulées ainsi. Solgrub savait ce qu'il faisait en détruisant la dernière page du récit. Les vapeurs que vous avez respirées, baron, avaient la faculté de stimuler la région du cerveau qui est le centre de l'imagination. Vous avez augmenté à l'infini les capacités de votre imagination. Les pensées qui traversaient votre esprit prenaient forme sur-le-champ et vous paraissaient réelles. Comprenez-vous à présent pourquoi l'expérience du docteur Salimbeni exerçait surtout son pouvoir d'attraction sur des comédiens, des sculpteurs et des peintres ? Tous attendaient de cette extase, de cette “braise des visions”, de nouvelles impulsions pour leur activité créatrice. Ils ne voyaient que l'appât et ne se doutaient pas du danger auquel ils s'exposaient. »

Il se leva et tapa du poing sur les pages du volume, dans un accès subit de colère.

« C'était un piège proprement infernal ! Comprenez-vous ? Le siège de l'imagination est en même temps celui de la peur. Voilà l'essentiel ! La peur et l'imagination sont étroitement liées. Les grands esprits fantasques ont toujours été obsédés par la peur et l'horreur. Pensez au Hoffmann des fantômes, pensez à

Michel-Ange et à Bruegel d'Enfer, pensez à Poe...

— Ce n'était pas de la peur, dis-je en frémissant à ce souvenir. Je connais la peur, je l'ai vécue plus d'une fois. La peur, c'est quelque chose que l'on peut surmonter. Ce n'était pas de la crainte, de la peur ou de la terreur, c'était mille fois plus que cela. C'était une sensation pour laquelle nous n'avons pas de mots !

— Vous connaissez la peur ? s'écria le docteur Gorski. Vous affirmez que vous connaissez la peur, baron ? Peut-être depuis aujourd'hui. Mais ce que vous avez vécu jusque-là comme de la peur n'était que le pâle reflet d'un sentiment qui a disparu en nous depuis des millénaires. La véritable peur, la peur vraie – celle qui s'emparait de l'homme préhistorique quand il quittait la lueur de son feu pour l'obscurité, quand la foudre tombait des nuages, quand le cri des sauriens montait des marécages –, aucun homme vivant ne connaît la terreur ancestrale de l'homme préhistorique dans sa solitude et son abandon, personne ne serait capable de la supporter. Mais le nerf qui est à même de la provoquer en nous n'est pas mort, lui ; il vit, il est peut-être plongé dans une sorte d'anesthésie depuis plusieurs milliers d'années, il ne réagit pas, ne bronche pas, mais nous portons un terrible dormeur dans notre cerveau !

— Et cette épouvantable lumière ? Cette couleur inimaginable ?

— Il est peut-être possible de trouver également une explication physiologique pour ce très étrange phénomène. Je devrais bien sûr commencer par vous dire quelques mots sur la structure de l'œil humain : le vecteur de la couleur est la rétine, ou plutôt un système de fibres nerveuses qui aboutissent dans la rétine et sont stimulées par les couleurs fondamentales, c'est-à-dire par des rayons d'une longueur d'onde précise. Ne serait-il pas envisageable que les vapeurs toxiques que vous avez inhalées aient produit un tel changement à l'intérieur de votre rétine qu'elle soit devenue réceptive également à d'autres rayons, des rayons de longueur d'onde plus grande ou plus courte ? Ce rouge strident énigmatique était peut-être en fait cette couleur qui se trouve en dehors du spectre solaire, invisible pour nous, et que les physiciens appellent "l'infrarouge".

— Que dites-vous là ? s'écria Félix. Vous parlez de ces rayons de chaleur invisibles ! Seriez-vous en train de nous dire qu'il a vu ces rayons, que ses yeux les ont perçus en tant que couleur ?

— Peut-être, répondit le docteur Gorski. Ce phénomène autorise plusieurs interprétations. Mais quel sens cela a-t-il d'échafauder des hypothèses que nous ne pourrons jamais vérifier ? »

Il se leva et ouvrit la fenêtre. Le vent nous apporta une odeur de terre mouillée et de feuilles mortes. De petits papillons de nuit surgirent de l'obscurité et voletèrent dans la lumière de la lampe.

« Et vous croyez, lui demandai-je, vous croyez que ce soir-là, pendant que vous étiez dans cette pièce, vous pensez qu'Eugen Bischoff a eu les mêmes visions dans le pavillon ? »

Le docteur Gorski se retourna et s'éloigna de la fenêtre.

« Qu'entendez-vous par "les mêmes visions" ? me demanda-t-il. Non, les visions terrifiantes que vous avez eues proviennent de votre subconscient. La lèpre ! Vous êtes allé un certain nombre de fois en Asie, vous avez voyagé en Extrême-Orient. Ne serait-il pas possible qu'une peur imperceptible du terrible fléau de l'Orient se soit développée en vous, sans même que vous en ayez conscience ? Réfléchissez un peu, baron ! Eugen Bischoff n'avait qu'une seule crainte depuis des années : celle de perdre Dina, de la perdre à cause de vous. Et à cet instant malheureux, une vision cruelle lui a fait voir Dina dans vos bras. Que s'est-il passé ensuite ? Le coup de feu, le premier coup de feu qui a touché le mur nous donne une explication. Cette balle vous était destinée, baron. Ensuite, l'horreur s'est emparée de lui à la vue de son acte, et il a retourné l'arme contre lui. Vous souvenez-vous de l'expression de son visage quand vous êtes entré dans la pièce ? Il vous a vu, et vous étiez vivant ; il vous avait touché en plein cœur, et vous étiez debout devant lui. Eugen Bischoff est passé dans l'autre monde avec un immense sentiment d'étonnement.

— Et Solgrub ? demanda Félix depuis la fenêtre.

— Solgrub ? Il était officier de l'armée russe et il avait fait la campagne de Mandchourie. Que savons-nous au juste les uns des autres ? Chacun de nous porte son propre Jugement dernier en lui-même. Qui sait, peut-être étaient-ce les morts de ces combats qui se sont révoltés contre lui à l'heure de sa mort. »

Il s'approcha de la table et enleva la poussière de la couverture du vieux livre.

« Le voilà, le monstre, dit-il. Il ne causera plus de malheur. Son temps est révolu. Il a dû passer par bien des mains au cours de son périple à travers les siècles ! Voulez-vous le garder, Félix ? Sinon, j'ai chez moi beaucoup de vieux livres savants à moitié tombés en poussière, car je me sens bien dans l'odeur du parchemin jauni. Ces pages vous appartiennent, baron. Rangez-les avec les documents de votre vie. Gardez-les en souvenir d'un moment où je vous ai vu vivre des choses que je ne souhaite à aucun autre homme. »

Quand je quittai la maison, Dina se tenait près de la porte du jardin. Il fallait que je passe à côté d'elle, il n'y avait pas d'autre chemin possible pour sortir. Une douleur profonde et violente s'éveilla en moi. Je pensai à ce qui avait été et ne pouvait plus être. Des ombres nous séparaient. L'espace d'une seconde, sa main se posa sur la mienne, puis je la perdis dans l'obscurité. Je la saluai. Nous nous séparâmes en silence.

NOTE DE L'ÉDITEUR

Le baron Gottfried Adalbert von Yosch und Klettenfeld se porta volontaire pour partir sur le front au début de la Première Guerre mondiale, où il tomba quelques mois plus tard dans la bataille de Limanova au cours d'une chevauchée de reconnaissance dans le bois de Kostelniece. Dans sa sacoche, on trouva parmi d'autres documents les feuillets sur lesquels il donne son interprétation des événements de l'automne 1909.

Ce roman – on ne peut guère donner d'autre nom aux écrits posthumes du baron von Yosch – est passé de main en main au cours des longues soirées de décembre 1914, en Russie, parmi les officiers du 6e régiment de dragons impérial et royal. Il m'a été remis vers la fin du mois – sans le moindre commentaire – par mon commandant d'escadron. Les raisons qui avaient contraint le baron von Yosch à renoncer cinq ans avant le début de la guerre à ses fonctions de capitaine étaient connues de la plupart d'entre nous. Le suicide du comédien Bischoff avait provoqué une grande émotion, et je me souvenais exactement du rôle qu'avait joué le baron von Yosch dans cette affaire.

De ce fait, lorsque je me mis à lire ces feuillets, je m'attendais à trouver une tentative de justification, une description peut-être enjolivée mais conforme pour l'essentiel à la vérité des faits. La première partie du récit correspond effectivement au déroulement réel des choses pour ce qui est des faits strictement matériels. Ma surprise n'en fut que plus grande quand je dus constater qu'à partir d'un point précis, son récit perd tout rapport avec la réalité. À cet endroit du récit (ce passage se trouve dans la neuvième partie du livre où il est dit de façon caractéristique : « En moi et autour de moi, tout avait changé ; j'appartenais de nouveau à la réalité »), à ce point du récit donc, la description tourne de façon abrupte au fantastique. Est-il nécessaire d'affirmer tout d'abord expressément que le baron von Yosch a poussé au suicide le comédien Eugen Bischoff – un être qui avait une tendance à la dépression et était de ce fait facilement influençable –, qu'il a été sommé de s'expliquer par les parents du défunt et que, poussé dans ses derniers retranchements, il a cherché son salut en faisant un faux serment ? Voilà la réalité des faits. Tout le reste – l'intervention de l'ingénieur, la chasse au « monstre », la substance secrète, les visions –, tout cela n'est qu'invention téméraire. En vérité, l'affaire, qui a fait l'objet d'un rapport à la Chancellerie de Sa Majesté, s'est terminée par une condamnation du baron von Yosch par un jury d'honneur.

Quel but le baron von Yosch poursuivait-il avec son récit ? Aurait-il eu l'intention de le rendre public ? Espérait-il obtenir une révision du procès ? Cela semble peu vraisemblable. Toutes ses capacités intellectuelles n'étaient pas également développées, mais il avait sans aucun doute le sens des réalités. Cependant, si ses notes n'étaient pas destinées à l'opinion publique, quel but pouvait avoir cet important travail qui a peut-être pris plusieurs années de sa vie ?

Des criminologues expérimentés répondent à cette question. Ils évoquent « le jeu des indices », cette tendance masochiste constatée chez de nombreux condamnés et qui consiste à réinterpréter dans un sens différent tous les indices de leur crime, à se prouver sans cesse qu'ils pourraient être innocents si le destin en avait décidé autrement.

Une révolte contre le destin et l'irrémédiable ! Mais n'est-ce pas là – vu avec plus de recul – depuis toujours l'origine de toute forme d'art ? Tout acte éternel n'a-t-il pas surgi *de profundis* d'une honte que l'on a subie, d'une humiliation, d'une fierté foulée aux pieds ? Je laisse la masse insouciante s'extasier devant une œuvre d'art. Pour moi, elle dévoile l'âme anéantie de son créateur. Dans les grandes symphonies de sons, de couleurs et d'idées, je vois un reflet de cette extraordinaire couleur rouge, stridente comme l'éclat d'une trompette. Une intuition lointaine de la grande vision qui, pour un court instant seulement, a élevé le maître audessus de l'univers chaotique de sa faute et de sa souffrance.

En conclusion, je remarque que je suis parvenu à dissiper les réticences exprimées par les plus proches parents du baron von Yosch quant à l'impression de ses souvenirs. Cette publication s'est faite avec leur accord.

CHEZ LE MÊME ÉDITEUR

Dernières parutions

Barzou ABDOURAZZOQOV
Huit monologues de femmes
traduit du russe (Tadjikistan)
par Stéphane A. Dudoignon

Pierre ALBERT-BIROT
Mon ami Kronos
présenté par Arlette Albert-Birot

Anjana APPACHANA
Mes seuls dieux
traduit de l'anglais (Inde)
par Alain Porte
L'Année des secrets
traduit de l'anglais (Inde)
par Catherine Richard

Benny BARBASH
My First Sony
Little Big Bang
Monsieur Sapiro
traduits de l'hébreu par Dominique Rotermund

Vaikom Muhammad BASHEER
Grand-père avait un éléphant
Les Murs et autres histoires (d'amour)
Le Talisman
traduits du malayalam (Inde)
par Dominique Vitalyos

Dominique BATRAVILLE
L'Ange de charbon

Alexandre BERGAMINI
Cargo mélancolie

Bergsveinn BIRGISSON
La Lettre à Helga
traduit de l'islandais par Catherine Eyjólfsson

Jean-Marie BLAS DE ROBLÈS
Là où les tigres sont chez eux
La Montagne de minuit
La Mémoire de riz
L'Île du Point Némo

Eileen CHANG
Love in a Fallen City
traduit du chinois par Emmanuelle Péchenart

Georges-Olivier CHÂTEAUREYNAUD
Le Jardin dans l'île

Annie COHEN
L'Alfa Romeo

Chantal CREUSOT
Mai en automne

Maurice DEKOBRA
La Madone des Sleepings
Macao, enfer du jeu

Boubacar Boris Diop
Murambi, le livre des ossements

Eun Hee-kyung
Les Boîtes de ma femme
traduit du coréen
par Lee Hye-young et Pierrick Micottis

Pascal Garnier
Nul n'est à l'abri du succès
Comment va la douleur ?
La Solution Esquimau
La Théorie du panda
L'A26
Lune captive dans un œil mort
Le Grand Loin
Les Insulaires et autres romans (noirs)
Cartons

Guo Songfen
Récit de lune
traduit du chinois (Taiwan)
par Marie Laureillard

Hubert Haddad
Le Nouveau Magasin d'écriture
Le Nouveau Nouveau Magasin d'écriture
La Cène
Oholiba des songes
Palestine
L'Univers
Géométrie d'un rêve
Vent printanier
Nouvelles du jour et de la nuit
Opium Poppy

Le Peintre d'éventail
Les Haïkus du peintre d'éventail
Théorie de la vilaine petite fille

Jean-Luc HENNIG
Brève histoire des fesses

Stefan HEYM
Les Architectes
traduit de l'allemand par Cécile Wajsbrot

HWANG Sok-yong
Le Vieux Jardin
traduit du coréen par Jeong Eun-Jin
et Jacques Batilliot
Shim Chong, fille vendue
Monsieur Han
traduits du coréen par Choi Mikyung
et Jean-Noël Juttet

Roland JACCARD
Dictionnaire du parfait cynique
dessins de Roland Topor

Yitskhok KATZENELSON
Le Chant du peuple juif assassiné
traduit du yiddish par Batia Baum
et présenté par Rachel Ertel

LEE Seung-U
La vie rêvée des plantes
Ici comme ailleurs
traduits du coréen par Choi Mikyung
et Jean-Noël Juttet

Marcus Malte
Garden of Love
Intérieur nord
Toute la nuit devant nous
Fannie et Freddie

Medoruma Shun
L'âme de Kôtarô contemplait la mer
traduit du japonais par Myriam Dartois-Ako,
Véronique Perrin et Corinne Quentin

Gudrún Eva Mínervudóttir
Pendant qu'il te regarde tu es la Vierge Marie
traduit de l'islandais par Catherine Eyjólfsson

Daniel Morvan
Lucia Antonia, funambule

R. K. Narayan
Le Guide et la Danseuse
traduit de l'anglais (Inde)
par Anne-Cécile Padoux
Le Magicien de la finance
traduit de l'anglais (Inde)
par Dominique Vitalyos

Dominique Noguez
Œufs de Pâques au poivre vert

Audur Ava Ólafsdóttir
Rosa candida
L'Embellie
L'Exception
traduits de l'islandais
par Catherine Eyjólfsson

Makenzy Orcel
Les Immortelles

Miquel de Palol
Phrixos le fou
À bord du Googol
traduits du catalan
par François-Michel Durazzo

Thierry Paquot
L'Art de la sieste

Nii Ayikwei Parkes
Notre quelque part
traduit de l'anglais (Ghana)
par Sika Fakambi

Eduardo Antonio Parra
Les Limites de la nuit
traduit de l'espagnol (Mexique)
par François Gaudry

Georges Perec
Jeux intéressants
Nouveaux jeux intéressants

Serge Pey
Le Trésor de la guerre d'Espagne
La Boîte aux lettres du cimetière

Ricardo Piglia
La Ville absente
Argent brûlé
traduits de l'espagnol (Argentine)
par François-Michel Durazzo

Zoyâ Pirzâd
Comme tous les après-midi
On s'y fera
Un jour avant Pâques
Le Goût âpre des kakis
C'est moi qui éteins les lumières
traduits du persan (Iran)
par Christophe Balaÿ

Jean Prévost
Le Sel sur la plaie

Răzvan Rădulescu
La Vie et les Agissements d'Ilie Cazane
traduit du roumain
par Philippe Loubière

Alina Reyes
La Dameuse

Sax Rohmer
Le Mystérieux Docteur Fu Manchu
Les Créatures du docteur Fu Manchu
Les Mystères du Si-Fan
traduits de l'anglais (Royaume-Uni)
par Anne-Sylvie Homassel

Enrique Serpa
Contrebande
traduit de l'espagnol (Cuba)
par Claude Fell

August Strindberg
Le Rêve de Torkel
Correspondance - Tomes I, II & III
traduits du suédois par Elena Balzamo

Rabindranath Tagore
Quatre chapitres
Chârulatâ
Kumudini
traduits du bengali (Inde)
par France Bhattacharya

Ingrid Thobois
Sollicciano

David Toscana
El último lector
Un train pour Tula
L'Armée illuminée
traduits de l'espagnol (Mexique)
par François-Michel Durazzo

Fariba Vafi
Un secret de rue
traduit du persan (Iran)
par Christophe Balaÿ

Paul Wenz
L'Écharde

Cocktail Sugar
et autres nouvelles de Corée
traduit du coréen sous la direction
de Choi Mikyung et Jean-Noël Juttet

Le Chant de la fidèle Chunhyang
traduit du coréen
par Choi Mikyung et Jean-Noël Juttet

Histoire de Byon Gangsoé
traduit du coréen
par Choi Mikyung et Jean-Noël Juttet

Les Kâma-sûtra
suivis de *l'Anaṅgaraṅga*
traduit du sanskrit
par Jean Papin

Snapshots – Nouvelles voix du Caine Prize
traduit de l'anglais
par Sika Fakambi

la collection de poche des éditions Zulma

1. David Toscana, *El último lector*
traduit de l'espagnol (Mexique) par François-Michel Durazzo
2. Anjana Appachana, *Mes seuls dieux*
traduit de l'anglais (Inde) par Alain Porte
3. Zoyâ Pirzâd, *C'est moi qui éteins les lumières*
traduit du persan (Iran) par Christophe Balaÿ
4. Gert Ledig, *Sous les bombes*
traduit de l'allemand par Cécile Wajsbrot
5. Ferenc Karinthy, *Épépé*
traduit du hongrois par Judith et Pierre Karinthy
6. Georges-Olivier Châteaureynaud, *Singe savant tabassé par deux clowns*
7. Enrique Serpa, *Contrebande*
traduit de l'espagnol (Cuba) par Claude Fell
8. Jacques Roumain, *Gouverneurs de la rosée*
9. Chantal Creusot, *Mai en automne*
10. Boubacar Boris Diop, *Murambi, le livre des ossements*
11. Georges Perec, *Perec/rinations*
12. Frédérick Tristan, *le Singe égal du ciel*
13. Georges Perec, *Nouveaux jeux intéressants*
14. R. K. Narayan, *Dans la chambre obscure*
traduit de l'anglais (Inde) par Anne-Cécile Padoux

15. Hubert HADDAD, *la Condition magique*
16. Leo PERUTZ, *le Maître du Jugement dernier*
traduit de l'allemand par Jean-Claude Capèle
17. Zoyâ PIRZÂD, *Comme tous les après-midi*
traduit du persan (Iran) par Christophe Balaÿ
18. Leo PERUTZ, *la Troisième Balle*
traduit de l'allemand par Jean-Claude Capèle
19. Marie VIEUX-CHAUVET, *Amour, Colère et Folie*
20. Auður Ava ÓLAFSDÓTTIR, *Rosa candida*
traduit de l'islandais par Catherine Eyjólfsson
21. William SAROYAN, *Papa, tu es fou*
traduit de l'anglais (États-Unis) par Danièle Clément

Couverture créée par David Pearson et imprimée chez J. London à Paris ¶ Texte composé et mis en page par les Ateliers Graphiques de l'Ardoisière à Bègles ¶ Reproduit et achevé d'imprimer en mai 2015 par Normandie Roto Impression S.A.S. à Lonrai pour le compte des éditions Zulma à Honfleur ¶ ISBN : 978-2-84304-708-4 ¶ ISSN : 2267-1803 ¶ Dépôt légal : novembre 2014 ¶ N° d'imprimeur : 1502340 ¶ Imprimé en France ¶